KB123547

혼자인 게 좋지만   버림받는 건 두려웠습니다

은둔주의-자

김도영 지음

prologue

비가 오기 직전엔 왜 그리도 그 시절이 떠오를까요.

퇴근길, 차 보닛 위로 떨어져 부서지는 비의 모습을 보면서 그간 지나온 무수한 날들을 떠올립니다. 중학교를 졸업하고 고등학교에 올라갈 즈음, 저는 학업을 그만두었습니다. 자퇴서를 내고 학교 정문을 나와 뒤를 돌아볼 때도 지금처럼 추적추적 비가 내리고 있었어요. 그 이후로 저는 방문을 걸어 잠갔습니다. 그리고 커튼을 내려 안으로 들어오는 모든 빛을 차단했습니다. 1년, 2년, 그렇게 3년이 지났을 무렵에 극단적인 생각이 들었고 그 생각을 오랫동안 품고 살았습니다. 몰입이라는 게 참 무섭더라고요. 죽음에 대한 생각은 곧 그 방법에 대해서도 가지를 뻗쳤습니다. 중간중간 약을 복용하기도 했고, 그래도 살아보겠다고 아르바이트도 나갔지만 길어야 두 달, 저는 다시 제 발로 들어가 문을 걸어 잠갔습니다.

처음엔 학교 밖 청소년들과 어울려 가출을 하기도 했고 잠시 밴드 생활을 한 적도 있습니다만, 저에겐 보이지 않는 어떤 중력이라도 존재하는 것처럼 다시 바닥에 바짝 엎드려 자기 연민에 빠지고 말았습니다.

그렇게 17년이 흘렀습니다. 그 17년 중에서 6년은 외부와 단절한 채로 지냈습니다. 스스로를 가뒀죠. 경기도 보고 서에 따르면 학교 밖 청소년은 9만 명이 넘고 대한민국 전체로 보면 30만 명이 넘을 것이라고 합니다. 은둔형 외톨이는 서울시에만 12만 9천 명, 전국으로 따지면 61만 명에 이르는데, 이 사람들이 길을 잃은 채로 살아가고 있는 것이죠.

"이미 늦은 거 아니에요? 이제 와서 이게 다 무슨 소용이에요."

저는 심리학을 전공하고 상담사로 지내고 있습니다. 제가 만나는 학교 밖 위기 청소년, 은둔형 외톨이라 불리는 사람들의 마음에는 좌절과 분노, 후회가 가득 차 있습니다. 그런 모습을 종종 목격합니다. 하지만 그 감정 너머 가장 깊숙한 곳에는 '행복을 바라는 열망'이 고개를 내밀지 못하고 움츠리고 있습니다. 지금은 보이지 않겠지만 그 열망을 찾아내고 다시 불씨를 피우게 도와주는 것이 심리상담사인 저의 소명이겠죠.

"선생님이 저 같은 사람의 마음을 어떻게 알겠어요. 바닥까지 내려간 기분을… 죽고만 싶은 마음을요."

"아니요. 저는… 저도…"

차마 제 이야기를 입 밖으로 꺼내지 못했습니다. 공감과 경청의 문제를 떠나서 마음에 출혈이 생겨 저를 찾아온 사람들에게 제 이야기를 해도 될지 확신이 서질 않았습니다.

"도영 씨의 이야기를 들려주세요. 그분들의 마음은 도영 씨가 제일 잘 알잖아요. 어떻게 그 깊은 곳에서 다시 세상으로 나왔는지를, 그것만큼 큰 동기부여는 없을 거 같은데요. 용기를 내보세요."

박사생 1년 차 때 교수님이 저의 이야기를 듣고 눈을 동그랗게 뜨더니 놀란 표정으로 말했습니다. 4년간의 학교 밖 청소년, 6년간의 은둔생활, 7년간의 취업 준비, 그 밖에도 저를 지칭하는 표현은 다양했습니다. 자퇴생, 학력 미달자, 백수, 패배자, 꼴통, 낙오자 등등. 그렇게 17년의 세월을 무심하게 흘려보냈던 저의 이야기가 누군가에게 위로와 희망이 될 수 있을까요? 저는 이제야 결심을 마쳤습니다. 그리고 그동안 저의 치부라고만 생각했던 이야기를 필요로 하는 사람들이 있을 것이라는 믿음도 생겼습니다. 왜냐하면 저는 그 깊고 새까맣던 늪에서 나와 세상으로 한 걸음 내디뎠으니까요. 제가 그 모든 것을 경험했으니까요.

당시에 저도 누군가는 저를 바라봐주기를 바랐고 공감받고 위로받고 싶었습니다. 하지만 청소년학개론에 나올법한 이론들은 그 어떤 답도 제시해주지 못했습니다. 이유를 몰라서 길을 잃은 것이 아니라, 이유를 너무 잘 알기에 더 괴로운 것인데 세상은 원인과 답을 찾으려고만 했기 때문이죠.

때로는 비를 맞는 사람에게 우산을 내어주는 것보다,
같이 비를 맞아주는 게 더 큰 위로가 됩니다.

어디선가 스쳐 지나가며 눈에 익혔던 글귀가 생각납니다. 저도 소위 말하는 '바닥 치기'를 경험했습니다. 신경쇠약에 걸리고 사회공포증에 우울증 약도 소용이 없어서 그 젊고 어린것이 하루종일 죽고 싶다고 생각했다는 것에 바보같이 눈물도 납니다.

그런데 여러분, 혹시 그거 아시나요? 어떤 물체든 바닥을 치면 분명히 반동을 일으켜 튀어 오릅니다. 어떤 것도 예외는 없습니다. 바닥을 치면 그 반동을 이용할 기회는 분명히 있습니다. 자퇴생의 한은 저를 박사과정에 이르게 만들었고 캄캄한 방 안에서 수도 없이 머릿속에 떠올리던 생각들은 잘 정돈된 책이 되어 세상 사람들을 만날 수 있게 해주었습니다. 세상이 무서워 방 밖으로 한 발짝도 내밀지 못했던 제가 대학 강단에 서고 강연을 다니며 상담사로 수많은 사람과 마주 앉아 이야기를 나누고 있죠.

그렇다고 항상 행복한 건 아닙니다. 지금도 가끔 저 뒤로 밀어 넣었던 우울과 좌절이 다시 찾아올 때도 있습니다. 그때마다 전 이 '반동의 법칙'을 항상 가슴 속에 품고 살아가고 있습니다. 언제든 다시 뛰어오를 수 있다고 믿으면서요.

오늘은, 여러분이 뛰어오를 차례 아닐까요?

두서가 길었습니다.

1992년의 어느 날, 선선한 바람이 불던 가로등 등불 밑에서 있던 한 소년의 길고 깊었던 여정.

이제 저의 이야기를 시작하겠습니다.

목 차

가난한 하루

"가장 오래된 기억부터 이야기해 줄 수 있어요?"

상담사가 소파에서 일어나 수납장 위에 놓여있는 커피머신의 버튼을 눌렀습니다. 곧이어 커피머신은 지잉-소리를 내더니 따뜻하고 고소한 향을 풍기기 시작했습니다. 자퇴를 하고 겪었던 박탈과 방황, 커튼을 내리고 방문을 걸어 잠갔던 수년간의 좌절, 길을 잃어버리고 절망했던 이야기와는 어울리지 않는 헤이즐넛 커피 향이 방 안에 가득 퍼졌습니다.

"떠오르는 거 아무거나 상관없이요?"

"그럼요. 가족이나 친구에게 느꼈던 감정들부터 시작해도 좋고 상황에 대한 이야기도 좋아요."

상담사는 따뜻하게 데워진 커피잔을 건네며 제 눈을 지그시 바라보았습니다. 커피 향 때문이었을까요. 이상하게 마음이 편안해지면서 누구에게도 털어놓지 못했던 저의 이야기를 마음껏 쏟아내고 싶은 기분이 들더라고요. 저는 커피 한 모금을 음미하듯 마신 후에, 제가 기억하는 가장 어릴 때의 장면부터 덤덤하게 진술하기 시작했습니다.

1992년, 집 현관을 나와 낡은 건물을 끼고 오른쪽으로 몸을 틀면 동네 세탁소가 하나 있었습니다. 세탁소는 보통 저녁 8시가 되면 간판 불이 꺼졌습니다. 9시가 조금 넘으면 항상 중화요리 빈 그릇이 세탁소 앞 가로등에 비스듬히 기대어 놓여있었습니다. 어느새 모여든 길고양이들이 작은 혀로 그릇의 잔여물들을 깨끗이 비울 때쯤 배달원이 도착해 빈 그릇을 철가방에 집어넣었습니다. 오토바이가 지나간 자리에는 회색빛 진한 매연이 가로등 불빛 아래 아지랑이처럼 출렁거렸죠.

"아빠다!"

회색 작업복에 헐렁한 등산바지. 바지 밑단에 묻은 흙을 털면서 걸어오는 부모님의 모습이 아지랑이 너머 보이면 저는 후다닥 뛰어가 엄마의 품에 안겼습니다. 어린 시절을 생각하면 저는 가장 먼저 이 장면이 떠오릅니다. 가로등 전구 안에 갇혀서 까맣게 쌓여있는 하루살이 벌레들은 저곳에 어떻게 들어갔는지 궁금해하면서 저는 자주 부모님의 모습이 시야에 들어오길 기다렸습니다.

오르막길을 한참이나 올라가야 집에 도착할 수 있었습니다. 철물점과 제과점, 장미 Villa라고 쓰인 벽돌색 건물을 지나 동네 맨 꼭대기에 있는 우리 집. 집에 도착할 때쯤이면 저 밑에 건물들이 한눈에 들어왔습니다. 반짝이며 빛나는 수많은 교회의 십자가들, 엄마, 아버지를 기다리던 세탁소 옆 전봇대, 당시 도시개발사업이라는 철제 표지판과 함께 높게 뻗어있던 아파트의 옥상도 보였습니다. 마치 제가 피라미드 꼭대기에 있는 것처럼요. 성인이 되고 신혼집을 알아볼 때가 돼서야 우리 집이 왜 그렇게 높은 오르막길 꼭대기에 있는지 알게 되었습니다.

"그때 정말 다 죽을 뻔했지. 막내가 울지 않았다면…"

엄마는 종종 제게 세 살 때 이야기를 들려주셨습니다. 어느 날 새벽, 연탄가스가 새서 가족들 모두가 기절했을 때 제가 목청을 세우며 우는 바람에 끔찍한 상황을 면할 수 있었다고 합니다. 이 이야기는 명절이 돌아올 때마다 우리 가족의 밥상머리 위 레퍼토리가 되어버렸죠.

"항상 물 많이 마시고 다녀야 한다. 아들."

엄마는 지금도 저에게 물 얘기를 하세요. 당시에 의사 선생님이 "물을 많이 마셔야 합니다."라고 말씀하신 것이 엄마의 마음에 박혔는지, 아니면 가난함이 원망이 되어 마음에 사무친 건지 오래된 습관이 몸에 밴 것처럼 툭하면 물 마시라는 얘기를 하셨습니다.

당시엔 딱히 가난하다는 생각은 해보지 않았습니다. 그저 새까맣게 탈 때까지 뛰어노는 게 좋았고 동네 친구들과 야구 공을 던지고 돌아와서는 〈톰 소여의 모험〉을 보는 게 좋았습니다. 이보한과 저는 톰 소여와 허클베리 핀처럼 항상 붙어 다녔습니다. 까무잡잡한 피부에 빼쭉빼쭉 짧게 자른 머리가 꼭 밤톨이를 연상하게 하는 친구였죠. 두 사고뭉치가 세상을 자유롭게 뛰어 누비는 그 만화영화처럼 저와 이보한 도 하루 중 대부분의 시간을 함께 보냈습니다. 전쟁통에 태어나 피죽을 먹는 시대도 아니었고 보릿고개를 넘어 등교를 하는 세대도 아니었어요. 제 허리춤만큼 오는 자전거 한 대와 뛰어놀 동네 골목길이 있으면 충분했습니다. 게다가 함께 웃고 뛰놀던 밤톨이 이보한까지. 제겐 가난은 그렇게 심각한 문제는 아니었습니다.

"도둑놈이다!"

"뭐? 아이, 씨. 누구보고 도둑놈이래!"

하루는 구로공단에서 당산역까지 자전거를 타고 집으로 돌아오는 길에 이보한이 다짜고짜 저를 보고 소리쳤습니다.

"너 말고 이 바보야. 저기 봐. 너네 집 창문 깨져있잖아!"

땀을 흠뻑 뒤집어쓴 이보한이 가리키는 손가락을 따라 시선을 돌려보니 정말 누군가 우리 집 창문에 돌을 던져 깨트려 놓았더라고요. 뛰어 들어간 집 내부의 모습은 그야말로 충격적이었습니다. 검은 신발 자국이 방바닥부터 주방까지 여기저기 이어져 있었고 범인은 자신만의 시그니처를 남기듯 모든 옷을 X자 모양으로 묶어놓았습니다. 그리고 안방 한가운데에는 커다란 대변이 떡하니 자리를 잡고 있었습니다. 요즘 같으면 주변 CCTV에 족적을 대조하고 대변의 DNA를 분석하는 것이 가능했겠지만, 당시에는 파출소에 신고를 해도 "아이고. 목격자가 없으면 잡기는 힘들 거 같네요. 일단 댁에 가서 기다려보세요."라는 말만 돌아올 뿐이었습니다.

그 일이 있고 나서 우리 가족은 그 집을 떠나게 되었습니다. 집주인은 아버지를 향해 "도대체 집 관리를 어떻게 했길래 대낮에 도둑이 들어와요!"라는 불호령을 내림과 동시에 두 달 안에 방을 빼라는 말도 빼놓지 않았습니다. 힘든 가계 상황에서도 제가 결혼할 때 줄 거라며 고이 챙겨두었던 돌

사진 속 열 개의 금가락지들은 그날 모두 사라졌습니다. 그걸 다 팔면 최소 이백만 원은 받았을 텐데, 이럴 줄 알았으면 아버지가 철물점 아저씨한테 돈 오십만 원을 빌리면서 싫은 소리를 들을 필요도 없었을 텐데 말이에요.

열네 번째 이삿짐을 싸던 날, 타지역으로 이사하게 되면서 저도 전학을 가게 됐습니다. 이미 두 곳의 초등학교를 거쳐 이번이 세 번째 전학입니다. 새로운 학교에 갈 때마다 기존의 무리에 섞여 들어가든지, 아니면 투쟁을 하든지 선택해야 했습니다. 책상의 작은 끌림이나 점심시간에 누군가의 목소리에도 저는 집중을 해야 했고 눈알을 이리저리 돌리며 눈치를 살펴야 했어요. 이때의 경험과 감정은 지금의 저를 만드는 데 어떤 영향을 끼쳤을까요.

떠나야 할 시간은 여지없이 찾아왔습니다. 이삿짐은 파란 1.5톤 트럭에 모두 실려 출발했습니다. 창문 너머 구로공업단지와 당산역의 풍경이 스쳐 지나갔습니다. 그날 이후로 저는 이보한을 다시 보지 못했어요. 친한 친구와의 이별이 조금씩 익숙해져 갔습니다. 이전 학교에서도 이미 또 다른 이보한과 이별을 한지라 두 번째 이보한과의 이별은 다소 무덤덤하기까지 했죠. 전 그렇게 둥둥 떠다니듯이 어린 시절의 한 장면을 걸어 나왔습니다.

그때 제가 잃은 건 무엇이었을까요. 도둑맞은 제 첫 번째 생일의 금가락지였을까요. 〈톰 소여의 모험〉을 보며 함께 설렜던 친구 이보한이었을까요. 그때의 저는 반지의 가치나 친구와의 기억들, 그보다 좀 더 많은 걸 잃어버린 듯했습니다.

달콤한 비극

적어도 15년은 족히 됐을 법한 기타 하나가 엄마의 화장대 옆에 비스듬히 세워져 있었습니다. 중학교에 올라가면서 "진짜 공부 열심히 할게요. 편식 안 할게요!"라는 슬로건을 내걸고 무려 7개월에 걸친 조르기로 받아 든 선물이었죠. 6개의 줄에서 각각 만들어내는 선율. 줄을 튕기면 진동을 만들어내고 그 진동이 공기 분자들을 흔들면서 소리를 일으키는 이 경이로운 과정은 얼마나 과학적이면서도 예술적인가요. 록커 김경호의 〈나를 슬프게 하는 사람들〉(1997)을 따라 부르며 기타를 안고 있는 제 모습이 마냥 좋았습니다. 사실 전 지금도 기타를 치진 못합니다. 그저 TV에 나오는 가수들이 멋져 보였습니다. 마침 동네 사거리에 있는 음악사 쇼윈도 너머 보였던 그 기타는 당시 어린 제 마음을 사로잡기에 충분했습니다. 나중에 알게 된 사실이지만 엄마가 제게 기타를 사주신 이유는 공부나 편식 따위의 이유가 아니었었죠.

너한테 너무 미안해서…

우리 집 가계 사정이야 뻔했습니다. 공장 생활에 치이고 치인 아버지와 생활고라는 날카로운 바람에 깎이고 깎인 엄마와의 마찰은 전쟁을 방불케 했죠. 언성은 높아지고 날 선 말들이 오갔습니다. 가끔은 부족한 세간살이마저 벽으로 날아와 꽂히거나 산산조각이 나기도 했습니다. 단칸방에 사는 형편이다 보니 피신할 곳 없이 그 장면을 온몸으로 받아들여야 했습니다. 그럴 때마다 저는 방구석에 앉아 스케치북에 그림을 그리거나 만화책을 펼치곤 했습니다.

　서울지하철 7호선이 경기도권에 연장발표가 나면서 사거리는 항상 공사로 인해 부산했어요. 음악사 사장님은 매장 바로 앞에 역이 들어선다는 것이 그리 좋으신지 싱글벙글하셨지만, 예정보다 완공일이 길어지다 보니 심기가 영 불편한 듯 보였습니다. 바로 옆 스포츠의류매장 사장님의 표정도 불편해 보이는 건 마찬가지였어요. 계획대로라면 2년 전에 들어서야 할 지하철이지만 아직 출입구도 만들어지지 않은 걸 보니 최소 2년은 더 가게 입구의 번잡스러움을 견뎌야 할 것처럼 보였습니다.

　엄마는 그 스포츠의류매장 사장 댁 파출부로 일했습니다. 사장 댁은 걸어서 15분이면 출퇴근이 가능했고 4시에 퇴근할 수 있었는데, 이렇게 조건이 좋은 일은 찾기가 쉽지 않았죠. 점심시간에 짬을 내서 우리 형제의 밥을 차려놓고 갈 수 있다는 것도 좋았다고 하셨어요. 학교에서 돌아와 현관문을 열면 항상 하얀색 밥상보가 씌워진 반찬거리들이 저를 맞이하고 있었습니다. 그 사장 댁에는 저와 같은 학교에 다니는 동갑내기 아들이 한 명 있었습니다. 파출부는 예전에 식모라고도 불렸다죠. 누군가의 아들에게 밥을 차려주고 빨래를 대신해 주느라 정작 자신의 아들은 양육의 부재를 겪는 잔인한 현실. 하지만 그렇게 해야지만 집 월세를 메꿀 수 있는 그 현실에 대고 더 이상 치기 어린 불평만 쏘아댈 순 없었습니다.

저도 나름대로 투쟁하고 있었습니다. 몇 번의 전학으로 항상 기존의 세력에겐 이방인이었고 튀거나 밉보이면 바로 표적이 됐습니다. 제 뒤통수를 향해 지우개를 던지거나 일부러 시비를 거는 애들도 있었죠. 그럴 때마다 전 입술이 터지고 코피가 흐를 때까지 싸움을 해야 했습니다. 순간 자리를 피한다든가 적당한 처신으로 상황을 모면한다고 해결될 일이 아니었어요. 집으로 간다고 해서 상황이 나아지진 않았습니다. 밀린 월세에 대한 이야기에서 시작된 밥상머리에서의 대화는 10년 전 서로가 서로의 마음을 상하게 한 사소한 문장들까지 소환시켰죠.

하루는 미술 선생님이 '가족 그림일기'를 만들어오라는 과제를 내주었습니다. 저는 그날 저녁 밥상을 펴서 스케치북에 엄마, 아버지, 형과 저. 4인 가족의 모습을 그려 넣었습니다. 아버지의 이 대 팔 가르마와 엄마의 파마머리, 저보다 10cm는 더 큰 키의 형과 까무잡잡한 까치머리의 제 모습까지. 그 옆에 굴뚝에서 연기가 모락 피어오르는 집도 그려 넣었습니다. 집의 명패에는 '행복이 가득한 우리 집'이라는 글자도 새겨 넣었죠. 집보다 더 큰 사과나무도 빠트리지 않았어요. 서로 으르렁거릴 때도 많고 가난에 지쳐 허덕일 때도 많았습니다. 하지만 닭백숙을 먹을 땐 서로 살이 많은 부위를 먹으라며 건네는 모습을 떠올리며 '그래도 가족밖에 없다.'라고 생각하니 저도 모르게 입꼬리가 살며시 올라갔습니다.

다음날 학교에 먼저 온 친구들이 수업 시작 전 스케치북을 꺼내 그려온 그림들을 소개하고 있었습니다. 저는 그중에서도 특히 제 옆자리 송석진이 그려온 그림을 빤히 쳐다봤습니다. 송석진의 아버지는 변호사였고 어머니는 약사였죠. 멋진 양복을 입고 있는 두 사람의 모습과 초고층 높이의 아파트, 제 그림에 비해 선도 더 진했고 색도 다양했습니다. 제 그림은 사람도 작았고 나무의 기둥과 뿌리도 가늘고 보잘것없었어요. 앙상한 가지가 애처롭게 겨우 바람을 버티고 있는 듯했죠.

"너도 그림 보여줘 봐."

반 친구들의 시선이 일제히 제 얼굴로 향했습니다. 그때 항상 봐오던 아버지의 회색 작업복과 파출부 일을 하는 어머니의 앞치마를 그려 넣은 것이 생각났습니다.

"그림… 깜빡하고 안 가져왔어."

거짓말을 했어요. 화장실에 간다며 교실 밖으로 나와서 신발장 밑에 제 스케치북을 깊게 밀어 넣었습니다. 완전한 인멸이었죠.

가족 그림일기를 가져오지 않았다는 이유로 교단 앞에 나와 손바닥을 맞으면서도 제 머릿속엔 온통 부럽다는 생각뿐이었습니다. 그때 제가 부러웠던 건 그 친구들의 멋들어진 그림이나 부모의 직업 같은 것이 아니었습니다. 저와 비슷한, 아니 더 형편없는 그림임에도 아무 거리낌 없이 그림을 꺼내 들며 웃는 용기. 어쩌면 그 아이들에겐 열등이나 비교 따위의 인식조차 없었는지도 모르겠습니다. 가족 그림 숙제는 경쟁이 아니었으니 말입니다. 저와는 너무나도 다른 그 모습이 부러웠던 것이었죠.

그날 저녁, 저는 가족들의 얼굴을 똑바로 바라보지 못했습니다. 이런 사실을 꿈에도 알지 못하는 아버지와 엄마는 갈치살을 발라 제 밥 위에 얹혀주었습니다. 죄스러운 마음에 눈이 점점 뜨거워지자 나오지도 않는 하품을 억지로 끄집어냈습니다. 반주를 마친 아버지가 화장대 옆에 기대 있던 기타를 집어 들고 이용의 〈잊혀진 계절〉을 부를 때, 전 누워서 이불을 머리끝까지 올려 덮어썼습니다.

취기 어린 아버지의 음색은 달콤했지만 우리가 내몰린 사정은 비극이었어요. 달콤함과 비극이라니, 이 상충된 두 가지의 단어처럼 서로를 사랑하는 마음에 코끝이 시큰해지는 하루. 그날의 하루는 참으로 달콤한 비극이었습니다.

한(恨)

벌써 두 번째 커피를 다 들이켠 상담사가 몸을 앞으로 숙이며 물었습니다.

"경제적인 어려움이나 잦은 전학으로 많이 힘드셨을 거 같아요."

희끗희끗한 머리에 오십 대 중반쯤 되어 보이는 상담사는 여전히 저의 표정을 유심히 관찰하는 것처럼 보였어요. 처음 만나본 중년여성에게 제 개인사에 대해 이야기하는 것이

낯설었습니다. 쑥스럽기도 했고 그녀가 제 이야기를 듣고 어떤 생각을 할지 걱정도 되었습니다. 그런데 신기하게도 말을 할수록 마음이 참 후련하더라고요. 그동안 누구에게도 하지 못했던 이야기였지만, 점점 더 깊은 이야기가 진행될수록 하소연하듯 제 감정을 그녀에게 쏟아냈습니다.

"힘들었어요. 혹시 제가 학교를 그만두게 된 것도… 이러한 경험들이 영향을 끼쳤을까요?"

책상 위에는 그녀가 젊은 시절에 학사모를 쓰고 찍은 졸업사진이 액자에 담겨있었습니다. 뭔가에 홀린 듯이 그 사진을 멍하니 쳐다보고 있는 저의 표정을 가만히 바라보던 상담사가 말을 이어갔습니다.

"성장 과정에서 특별한 경험이나 감정이 해결되지 못한 채로 지속된다면, 어떻게든 생애에 영향을 끼쳤을 가능성이 커요."

그녀는 녹음기가 잘 작동되고 있는지 확인하더니 다시 시선을 저의 얼굴로 돌렸습니다.

"어머니와 함께했던 기억을 이야기해 줄 수 있을까요?"

엄마와의 기억을 묻는 그녀의 질문에 생각이 많아졌습니다. 엄마는 강한 사람이었습니다. 가난 때문에 기죽고 다니지 말라고 새 운동화를 사러 사거리 시장에 가셨던 장면이 기억납니다. 잘 다듬어진 고등어, 오징어젓갈, 설탕을 듬뿍 묻힌 꽈배기를 검정 봉지에 담아 들고 쫄래쫄래 엄마의 뒤를 따라다녔습니다. 엄마가 주방에서 음식을 하실 때면 저는 밥 짓는 냄새를 맡으며 크레파스로 엄마의 뒷모습을 그리고 놀았죠. 스케치북을 찢어 냉장고에 붙여 놓고 서로 한참을 웃기도 했어요. 엄마는 꽃을 좋아하셨고 여행을 가는 것도 좋아하셨습니다. 저도 엄마와 함께 시간을 보내는 것이 행복했습니다. 엄마 손을 잡고 저녁 산책을 나갔고 엄마 무릎에 앉아 TV를 보면서 아버지의 퇴근 시간을 기다렸어요. 물론 많이 혼나기도 했습니다. 늦잠을 자거나 씻지 않고 잠이 들면 찬물을 이부자리 위에 끼얹혀서라도 우리 형제를 깨우시던 분이었죠. 그래도 엄마와 함께 있을 땐 행복했어요. 저희 형제를 위해서라면 목숨도 거시는 분이었거든요. 그런 온전한 사랑이 고스란히 느껴질 때도 많았습니다.

하지만 아버지가 퇴근하시면 집안의 분위기는 180도 변했습니다. 강성한 엄마의 성향과 아버지의 무던한 성격은 자주 마찰을 일으켰어요. 그중 가장 큰 것은 아무래도 경제적인 이유였겠죠. 엄마와 함께했던 시간 중에 가장 기억나는 일이 한 가지 있습니다. 지금도 가끔 꿈에 나오는 그때의 상황과 장면의 파편들이 아직도 선명하게 떠오릅니다.

그날은 엄마의 반응이 심상치 않았어요.

엄마는 무얼 그리 골똘히 생각하시는지 중요 회로에 퓨즈가 나간 것처럼 크게 불러도 대답하지 않으셨습니다. 종종 좋아하는 드라마를 켜놓고도 한참 동안 멍하니 화분만 바라보기도 하셨죠. 저녁 밥상머리에서의 대화가 줄고 무거운 침묵이 맴돌았습니다. 불만이 있거나 화가 나면 오히려 말이 더 많아지고 언성이 높아지는 평소의 반응과는 달리 입술을 꾹 다문 엄마의 반응이 어색했습니다. 오랜 침묵 끝에 내쉬는 긴 한숨은 평상시의 돈 문제나 아버지의 술 문제 때문에 내쉬었던 그 한숨 소리와는 확실히 다른 결이었으니까요.

비슷한 시기에 같은 반 친구 배동철네 부모님이 이혼했다는 소식을 전해 들었습니다. 배동철은 사흘 동안 학교에 나오지 않았습니다. 담임선생님은 배동철이 외갓집 식구들과 함께 경주로 여행을 갔다고 했지만 이혼소송이나 양육, 이사 문제로 며칠간 학교에 나오지 못할 것이라는 소문은 이미 학교 전체에 퍼져나갔습니다.

설거지하는 엄마의 뒷모습을 보며 생각이 많아졌습니다. 혹시 어떤 결심을 굳힌 것일까요. 그릇을 물에 씻기면서 서로 부딪혀내는 소리가 날 때마다 제 심장은 조금씩 빨라지고 있었습니다. 계단 밑 우편함에 꽂혀있던 '국세청'이라고 쓰여있는 하얀 봉투 때문일까요. 아니면 월세 계약기간 만료가 도래해서 또 이삿짐을 싸야 해서 그런 것일까요. 갑자기 변한 엄마의 일상에 제 반응 또한 길을 잃고 헤매었습니다.

그러던 어느 날, 비가 추적추적 내리는 날이었습니다. 학교 정문엔 우산을 들고 자녀의 수업이 끝나길 기다리는 학

부모들이 줄지어 서 있었습니다. 곧이어 수업 종이 울리고 책가방을 머리에 이고 뛰어가는 학생들 틈 사이로 저도 정신없이 집까지 뛰기 시작했습니다. 신발에 물이 들어갔는지 발바닥이 바닥을 칠 때마다 내는 푸슈-거리는 소리가 영 찝찝하고 거슬렸었죠.

다세대주택에 다다른 저는 계단을 한걸음에 뛰어 올라갔습니다. 현관문 밑에 우유 투입구 마개를 밀고 손을 쑥 집어넣었죠. 당연히 손에 찰랑거리는 물체가 잡혀야 하는 것이 정해진 수순인데, 제 얇고 새까맣게 그을린 손은 허공만 헤집을 뿐이었습니다. 열쇠를 놓고 가야 한다는 것을 잊으신 건지, 결국 저는 엄마가 일을 마치고 집에 오실 때까지 두 시간을 기다려야 했습니다. 순간 짜증이 확 솟구쳐 올랐어요. 비에 홀딱 젖은 채로 한 시간이고 두 시간이고 계단에 앉아 있는데 처량한 마음마저 들었습니다.

그때, 현관문 너머 집안에서 인기척이 들렸습니다. 분명 엄마의 목소리였어요.

"엄마! 뭐 해! 문 열어줘!"

아무리 현관문을 두드려도 반응이 없자 다시 허리를 굽혀 우유 투입구에 얼굴을 대고 소리쳤습니다. 분명히 집안에서 엄마의 목소리가 작게나마 들리는데… 순간 인간의 상상력이 원망스러울 정도로 끔찍한 생각이 들었습니다. 계단을 다시 뛰어 내려가 아랫집 현관문을 사정없이 두드렸습니다.

"아줌마! 집에 엄마가 대답을 안 해요! 제발."

저도 모르게 '제발'이라는 단어가 튀어나왔습니다. 눈시울이 그렁해져 사색이 된 제 얼굴을 보고 아랫집 아줌마가 뛰어 올라오셨어요. 아줌마는 우유 투입구 쪽으로 엎드려 큰소리로 엄마를 불렀고 전 계속해서 문고리를 흔들며 두드렸습니다. 그때 전 처음으로 이혼이나 갈등, 가난의 회색빛 그림자가 아닌 죽음을 생각했습니다. 그 시커먼 그림자가 마음에 내리 앉았습니다. 연탄가스를 두 번이나 마시고도 살았습니다. 도둑이 든 적도, 집주인한테 쫓겨나 친척 집 다락방에서 산 적도 있었습니다. 수십 번을 이사 다니면서도 살고 남의 집 파출부로 일하면서도 살아갔습니다. 그럼에도 불구하고 우리는 살아냈습니다.

철컥. 온갖 부정적인 생각들이 문고리가 움직이는 소리에
싹 사라졌습니다. 엄마는 멍한 표정으로 현관문 앞에 서 계
셨죠. 문을 열어주시고는 방으로 들어가더니 이부자리 위에
누우셨습니다. 이웃집 아줌마는 누워있는 엄마의 상체를 일
으켜 물이 담긴 컵을 엄마의 입에 가져다 댔습니다. 아무 감
정도 엿보이지 않는 표정으로 물을 들이켜시는 엄마는 왜인
지 비에 홀딱 젖어있었죠. 팔뚝, 무릎과 종아리에는 어딘가
에 긁힌 상처 수십 개가 빼곡했습니다.

"엄마 도대체 왜 그래? 어디 다쳤어?"

너무 놀란 나머지 글썽이던 눈물도 차갑게 말라버렸습니다.

"산에 갔었어."

"산에? 왜?"

창문 밖으로 보이는 동네 뒷산에는 점점 더 강한 빗줄기
가 쏟아지고 있었어요.

"모르겠어. 산에 갔다가 넘어져서 굴렀는데 잘 기억이 안 나."

엄마의 몸에 있는 빼곡한 생채기들은 나뭇가지나 바닥에
있는 돌에 긁힌 상처였습니다.

엄마는 항상 대장부라고 생각했어요. 목소리도 크고 행동 거지도 시원시원하셨죠. 제가 친구들과 싸우거나 위험한 장난을 했을 때는 사정이 없었습니다. 심지어 제가 넘어지거나 다쳐서 왔을 때도 "이놈의 자식이 또 다쳐서 들어왔네!" 하시면서 오히려 등짝을 때리는데, 서운한 마음이 들었던 적도 있습니다. 저에게 엄마는 항상 제 뒤에 서 있는 커다란 산 같았죠.

결국 엄마는 우울증 약을 드셨습니다. 엄마는 익숙한 성당과 자주 가던 사거리 재래시장이 있던 옛 동네에서 살고 싶다고 하셨습니다. 우리는 다시 이삿짐을 쌌습니다. 익숙한 거리, 익숙한 동네, 익숙한 사람들과의 만남에서 엄마는 조금씩 안정을 되찾아가셨죠.

그 일 이후, 전 오히려 엄마한테 모진 말을 많이 했습니다. 엄마가 길을 잘 못 찾으실 때, 컴퓨터를 못 다루실 때, 무거운 걸 들고나서 저녁에 허리가 아파 누워 계시는 모습을 보면 너무 답답하고 신경질이 났습니다.

"그냥 집에 있지, 뭐 하러 나가서 사서 고생을 해!"

왜 유독 엄마의 사소한 행동에도 예민해지고 신경질이 났을까요.

"넌 남한테도 못 할 말을 엄마한테만 하니."

서로가 서운함을 표출했습니다. 왜 그렇게도 치열하게 비난했는지, 엄만 왜 그렇게 화를 내셨는지, 저 역시 엄마에게 왜 그렇게 예민하게 굴었는지, 그땐 알지 못했어요. 훗날 제가 부모가 돼서야 알았습니다. 제가 다치거나 세상을 살아갈 때 강한 모습을 보이지 않으면 엄마가 왜 그토록 화를 내셨는지.

어쩌면 서로가 다치거나 깨지지 않기를 바라는 마음 때문이 아니었을까요. 차라리 내가 아프고 내가 다치는 게 낫지, 걱정되고 또 걱정되는 마음. 우린 서로 그 마음을 표현하는 데엔 서툴렀지만, 서로를 걱정하는 그 마음만큼은 같은 곳을 바라봤던 것은 아니었을지요.

고해

안녕하세요. 신부님.

성사를 본지 어느덧 10년도 더 넘은 것 같네요. 저의 생애사를 글로 진술하다 보니 눈물도 참 많이 납니다. 오랜만에 이렇게 성당에 와보니 어렸을 때 엄마 손을 잡고 성당에 갔던 기억이 떠오릅니다. 그때 저음의 오르간 소리와 성가대의 목소리가 어린 저에게 다소 무겁게 느껴졌던 것 같습니다. 어머니는 독실한 천주교 신자입니다. 주일마다 성당에 가는 것이 당연한 규칙처럼 느껴지는 환경에서 저는 엄마와 자주 부딪혔습니다. 규칙대로 움직이는 것을 본능적으로 거부하는 건지, 아니면 게으르고 나태했던 건지. 어쩌면 제가 냉담하고 사회에서 소외된 것이 예정된 수순이었는지도 모르겠습니다.

우리 집은 부유하지 못했습니다. 엄마는 집에서 묵주기도를 하셨고 또 성당에서도 기도하셨습니다. 기도의 내용은 이랬습니다. 부자가 천국에 가는 것이 낙타가 바늘귀를 통과하는 것보다 어렵다고. 나누어주고 살아야 한다고. 이웃을 내 가족처럼 사랑하고, 오른쪽 뺨을 때린 사람에게 왼쪽 뺨을 내어주고, 심지어 원수마저 사랑하라고. 그렇게 기도하고 또 기도하셨습니다. 엄마의 기도 내용처럼 우리 집은 부와는 거리가 멀었습니다. 저는 그것이 못마땅했습니다. 간절히 원하면 이루어진다는데, 그렇게 간절히 기도하고 원하신 것이 지금의 이 모습이냐고.

아버지는 작은 원단 공장을 운영 하셨습니다. 여느 사업을 하는 아버지를 둔 가정이 어려움을 겪는 것처럼 우리 집도 항상 사업난에 시달렸습니다. 중학생이 되기 전까지 이사만 열네 번 다녔고 초등학교 세 군데를 다녔습니다. 전학을 다닐 때마다 항상 그곳에 먼저 자리를 잡고 있던 무리와 싸우든지, 잘 융화되어 지내게끔 머리를 굴리든지 하며 어린 나이였지만 항상 투쟁하면서 살았습니다. 하굣길에 집 우편함에 꽂혀있는 하얀색 봉투만 봐도 심장이 떨렸죠. 그렇게 집으로 돌아가면 어머니는 항상 묵주기도를 하고 계셨습니다. 사글세, 전세를 전전하다가 어머니가 오십이 다 되어서 처음으로 장만한 아파트 한 채가 있습니다. 처음으로 제 방이 생겼고 드디어 혼자 잠을 자게 되었습니다. 우리 가족 모두가 거실에 누워 한껏 웃으며 팔을 휘젓고 뱅글뱅글 돌았습니다. 방문은 또 왜 그렇게 많은지 어디가 화장실이고 어디가 방인지 구분이 되지 않을 정도였습니다. 우리가 그동안 살던 집은 방문 한 개, 화장실 문 한 개였는데 말이죠. 드디어 저도 친구들처럼 방이 생겼고 책상이 생겼습니다. 제일 좋아한 건 어머니였죠.

그렇게 간절했고 소중했던 집이었는데, 아버지의 사업난이 심해지자 아파트를 담보로 대출을 받았습니다. 하지만 사업은 점점 더 어려워졌죠. 어머니는 그날 이후로 아버지에 대한 한이 생기셨습니다. "저 원수 때문에 못산다."라고. 그러고는 다시 성당에 가서서 원수를 사랑하라고, 가난은 축복이라고 기도하셨습니다. 그리고 성당이라는 공간에 나와서 일상으로 돌아오면 가난 때문에 울고 아버지를 원수라고 부르며 괴로워하셨죠. 이 지긋지긋한 일상을 함께 겪던 어느 날, 하루는 어머니에게 분노를 담아서 물었습니다. 왜 기도하는 공간에서만 가난을 축복이라 하고 원수를 사랑하라고 하냐고. 왜 일상으로 돌아오면 이웃도 아닌 가족을 원수라 부르고 가난함에 가슴 졸이면서 불안에 떠냐고. 천국에 가고 싶어서 그러는 것이냐고. 천국에 가고 싶어서 하느님 제단 앞에서만 좋은 사람인척하냐고. 하지만 그런 말을 하는 저의 눈에도 눈물이 흘렀습니다. 왜냐하면 이 아파트를 사고 그렇게 좋아하시던 엄마의 그 표정이 너무나 생생했기 때문이죠.

저의 청소년기 성장 과정에서 가장 기억나는 건 학교를 그만뒀던 순간입니다. 잦은 전학으로 인해 이제 막 익숙해지려면 다시 새로운 지역, 새로운 사람들과 마주했습니다. 저는 어린 시절을 간직했던 보금자리의 기억도, 스승의 날에 찾아갈 법한 은사님과의 기억조차도 없습니다. 결국 변화와 정착의 갈림길에서 길을 잃었습니다. 매번 반복되는 일상에서 또래 친구들 간의 서열 싸움도 싫고 학생들을 줄지어 눕혀놓고 체벌하는 선생님도 싫었습니다. 한번은 옆 반 창문을 통해 반 내부를 쳐다봤다는 이유로 그 반 담임선생님께 뺨을 맞았습니다. 심지어 학교를 그만두는 날 어머니를 모시고 온 자리에서도 학교의 수치라며 선생님은 제 뺨을 때리셨죠.

사람이란 참 간사한가 봅니다. 아니면 제가 간사하던가요. 그렇게 비난했던 종교였는데, 사는 것이 너무 괴롭고 절실하다 보니 저 또한 이렇게 성당을 찾아왔으니까요. 당시에 엄마도 도저히 현실 속 타인에게서는 그 어떤 도움을 요청할 수 없고 길을 찾을 수 없어 성당을 찾으셨겠죠. 지금 와 돌아보면 엄마가 겪었던 그 모든 상황과 감정들이 감히 가늠조차 되지 않습니다.

학교를 그만두고 저는 방황했습니다. 스스로를 가두고 중독에 빠지고, 무시당하고 소외당하고, 분노하고 좌절하고, 후회하고 또 후회하고… 어쩌면 저는 지금 제 인생에 주어진 십자가를 짊어지고 그 길을 가고 있는 것인지도 모르겠습니다.

이렇게 글로 저의 성장 과정을 이야기하는 것만으로 위로가 되는 것 같습니다. 글을 통해 다시 저의 경험과 감정을 눈으로 읽으니 그때의 감정이 어느 정도 이해가 되는 듯합니다. 누군가 제 이야기를 읽어주고 들어주는 것만으로 미해결 과제로 남았던 그 당시의 감정들이 해소되는 것이 참으로 신기합니다.

아직도 제 마음 한구석에는 풀어내지 못한 이야기들이 있습니다. 학교 밖 청소년, 위기 청소년, 자퇴생, 꼴통, 은둔형 외톨이, 낙오자, 패배자 등으로 불리며 살아왔던 지난 17년간의 이야기. 그 어둡고 좁은 굴레에서 세상 밖으로 나와 행복을 찾는 여정.

조금 더, 제 이야기를 이어가도 되겠습니까?

가시

제 입에도 가시가 돋았습니다.

아버지는 엄마와 대화를 회피했고, 엄마는 집요하게 과거의 상처를 아버지께 쏟아부었습니다. 고성이 오가는 틈 사이로 간혹 무언가 떨어지거나 부딪히는 소리도 들렸습니다. 방으로 들어가 귀를 막아 보고 노래를 크게 틀어놓기도 했습니다. 그러다가도 혹여나 큰일이 생기지 않을까, 저도 모르게 두 분의 목소리에 귀를 기울이게 되더라고요. 큰 소리가 날 때마다 쿵 하고 떨어지는 심장을 붙잡는 심정으로 숨을 죽였습니다. 그렇게 바람 잘 날 없는 하루와 하루가 이어졌고 어느 순간 저의 입에서도 날카로운 말이 나왔습니다. 부모님도 자식들 앞에서 최대한 안 좋은 모습을 보여주지 않으려고 하셨습니다. 하지만 가족 여행을 계획하다가도, 형의 진학 문제를 논의하다가도, 심지어 고장 난 가전제품을 바꿔야겠다는 대화에서도, 가족 간의 모든 대화는 아버지가 엄마에게 어떤 정서적 흉터를 남겼느냐에 대한 진술로 끝이 났죠. 저도 점점 말을 줄였습니다. 대화를 하는 것이 무서워졌어요. 엄마가 아버지에게 쌓인 그 한을 씻어내지 않으면 가족 간의 대화는 더 이상 불가능하다는 생각이 들 정도였으니까요.

집이 불편해졌습니다. 언제부터인가 엄마는 아버지가 집에 없을 때도 아버지에 대한 한을 저에게 쏟아내셨어요. 혼란스러웠습니다. 제 기억에 아버지는 자상한 사람인데, 아버지와 엄마만이 아는 이야기에서의 아버지는 제가 알던 모습과 꽤 달랐으니까요.

> 나는 아버지랑 엄마가 더 이상 그만 싸웠으면 좋겠어.
> 내가 사랑하는 사람을 상처입힌 사람이,
> 또 한 명의 내가 사랑하는 사람이라는 사실이 너무 혼
> 란스러워.

제 마음에 담아두었던 말입니다. 하지만 이 말을 입 밖으로 내지는 못했습니다. 그저 마음속 한편에 끄적였던 제 진심을 부모님이 언젠간 알아줄 거라 생각하며 매일 밤 기도하며 눈을 감았습니다. 한 번씩 하굣길 버스에서 눈물이 났고 알 수 없는 분노에 반항심도 생겼습니다. 우울이라는 유산이 상속된 것일까요. 집에 있는 것이 싫어서 일주일간 가출을 했고 몸이 아프다는 핑계로 등교하지 않는 일이 잦아졌습니다.

"어떻게 너까지 엄마한테 이럴 수 있어!"

중학교를 졸업할 무렵이 되자 아버지를 향한 엄마의 원

망은 점점 저에게로 옮겨졌습니다. 아버지는 제가 사춘기가 심하게 왔으니 시간이 지나면 해결될 거라 하셨지만, 이러한 방황이 17년간 지속될 줄 아셨을까요. 저의 방황은 사춘기의 일탈이 아니라 가족관계에 대한 좌절과 불행의 표현이었던 것입니다.

"말씀하시는 걸 들어보니 어머니에 대한 애정이 참 각별하셨던 거 같아요."

한참을 가만히 이야기를 듣던 상담사가 밝은 표정을 지었습니다.

"애정이요? 전 원망이라고 생각하고 있었는데…"

어쩌면 엄마의 모든 말에 귀를 기울이고 마음에 담았던 것이 엄마에 대한 애정이었을 수도 있었을까요. 엄마가 무너져가는 모습을 보는 것이 너무 괴로워서 마음의 문을 걸어 잠갔던 것인지도 모르겠습니다.

"더 어릴 때는 엄마와 함께 있는 게 너무 좋았던 때도 있었어요. 이유는 모르겠지만 엄마와 관련된 것이면 제가 더 예민해진 거 같긴 했어요."

매사에 의욕이 없었습니다. 공부도 하지 않았어요. 한 번은 운동부에 다니는 옆 반 친구와 코피가 터지도록 싸운 적도 있었습니다. 운동밖에 안 한 자신보다 제 성적이 더 낮다고 놀려 대는 모습에 화가 나서 달려든 것이죠. 그 후론 바닥을 보면서 집에 돌아가는 시간이 많아졌습니다. 학교를 그만 다니고 싶다는 생각이 들었던 게 그때쯤이었어요. 잦은 결석으로 출석 일수를 겨우 채워 중학교를 졸업할 순 있었지만 고등학교를 다니고 싶은 마음은 없었습니다.

"뭐? 고등학교를 다니지 않겠다고? 이놈의 자식이!"

부모님은 역정을 내셨어요. 하지만 저도 물러서진 않았습니다. 그만큼 저의 가시도 부모님을 향해 날을 세우고 있었거든요. 어떻게 보면 엄마, 아버지의 전쟁에 저도 참전하기로 결정한 셈인 거죠.

하지만 이 결정은 결국 상황을 더욱 악화시켰습니다. 엄마는 아버지의 양육 태도를 탓하셨고 한 번도 저에게 화를 내지 않으셨던 아버지도 언성을 높이셨죠. 제일 화가 났던 건 저 자신이었어요. 어느 가정이건 사연이 있지만 모두가 저처럼 어긋나지는 않잖아요. '왜 나는 이렇게 나약할까?'에 대한 생각과 눈앞에서 벌어지는 현실에 더욱 자신을 미워했던 것 같습니다. 날카로웠던 가시는 방향을 틀어 이제 저 자신을 향하고 있었습니다.

"아들. 아빠랑 얘기 좀 하게 문 열어봐."

아버지가 한참 전부터 방문 앞에 서 있었다는 걸 알고 있었습니다. 식탁에 앉아 울고 계시는 엄마의 흐느낌도 제 방 안으로 스며들어왔습니다.

"내가 왜 이러는지 알아? 이게 다 아버지랑 엄마 때문이라고! 그러니까 내 인생 그만 좀 괴롭히고 내버려 둬!"

감정을 토해내듯 악을 지르고는 다시 방문을 쾅 닫았습니다. 저 버르장머리 없는 자식을 가만히 두면 안 된다며 아버지는 문을 두드리셨지만, 이내 엄마가 아버지의 손을 잡고 말리셨습니다. 그때 제 심장은 미친 듯이 뛰고 있었어요. 터져 나오는 눈물을 이불에 흠뻑 적시고는 새벽이 오길 기다렸습니다. 당장은 누구와도 대화하고 싶지 않았습니다. 부모님이 거실의 등을 끄고 주무시러 들어가고 나서야 이불을 걷어내고 화장실에 들어갈 수 있었어요.

답답한 마음에 창문을 열었습니다. 새벽은 모든 걸 선명하게 해주는 시간인 것 같아요. 아버지와 엄마의 모습도 선명해지고 부모님을 향해 소리를 질렀던 제 모습도 더욱 선명히 떠올랐습니다. 슬픔도, 우울도, 죄책감도 어두운 그림자를 걷어내고 점점 형체를 드러냈습니다. 다시 해가 뜨고 내일이 오는 것이 두려웠어요. 아버지와 엄마의 얼굴을 어떻게 볼지, 혹시 부모님도 저로 인해서 잠을 못 이루고 있지는 않을지, 감당 못 할 짓을 저질렀다는 생각에 잠이 오질 않았습니다. 그때 제가 괴로웠던 건 부모님을 향한 원망 때문이었을까요. 아니면 부모님에 대한 죄책감 때문이었을까요.
창문 밖으로 보이는 풍경은 모두 멈춘 듯 조용했고 새벽의 모습 역시 참 고요했습니다. 다만 제 마음만큼은 파도치듯 일렁이며 숨이 막힐 듯이 요란하게 요동치고 있었습니다.

바짝 엎드려서 본

30초. 우리 집 수도꼭지에서 녹물을 빼내는 데 걸리는 시간입니다. 미리 수도꼭지를 돌려놓고 성에 낀 거울을 손바닥으로 닦아냈습니다. 그러다 무심결에 "집에 가고 싶다."라는 말이 중얼거리듯 입 밖으로 새어 나왔습니다. 이미 집에 있는데 집에 가고 싶다니, 저는 왜 앞뒤가 맞지 않은 말을 중얼거렸을까요. 이 말은 제 심경을 정확히 대변해 주는 문장이었습니다. 거실과 화장실, 가족들과 마주치는 곳이 이제는 불편한 공간이 되어버렸습니다. 2평 남짓한 제 방을 넘어선 구역은 더 이상 안전지대가 아니었던 것이죠. 우여곡절 끝에 고등학교에 진학했지만 부모님과의 갈등은 더욱 심해졌습니다. 부모님과의 갈등으로 인한 잦은 가출과 반항, 자식의 일탈을 저지하려는 부모의 통제와 회유. 저는 끊임없이 갈등의 원인을 제공했고 제 우울의 원인은 부모의 탓이라며 책임을 돌렸습니다. 마주 보며 내달리는 차 안에서 둘 중 하나가 핸들을 돌리지 않으면 충돌해 결국 모두가 파멸에 이르는 치킨게임을 하는 기분이었습니다.

화장실 벽에 걸린 시계를 확인했습니다. 누런 물이 다 빠졌는지 수도꼭지에 맑은 물이 쏟아지고 있었지요. 전 수도꼭지 밑으로 허리를 굽혀 머리를 가져다 댔습니다. 찬 바람이 화장실 창문 틈 사이로 삐져 들어왔습니다. 장맛비가 바닥을 치는 소리는 점점 크게 들려왔고, 전 어깨를 잔뜩 말아 움츠린 채로 머리를 털어 말리고는 현관문을 빠져나왔습니다.

주택이 빼곡하게 들어선 동네를 벗어나 버스 정류장에서 12-1번 버스를 기다렸습니다. 추적추적 내리는 비를 쳐다보다가 교복을 입은 또래 학생들의 책가방을 멍하니 바라봤습니다. 그날, 저는 교복을 입지 않았고 가방도 메고 있지 않았습니다. 버스에 올라타 빠르게 스쳐 지나가는 창밖 풍경을 바라보며, 오늘 꼭 해야 할 말을 머릿속으로 복기했습니다. 사거리 모퉁이를 돌자 저 멀리 학교의 정문이 보였습니다. 학교가 가까워지자 제 심장이 쪼그라지는 것 같았어요. 그냥 이대로 버스 종점까지 가버리고 싶다는 생각이 들 정도로요. 엄마는 오전 업무를 끝마치고 곧장 학교로 찾아온다고 하셨습니다. 긴장되는 마음에 휴대전화를 쥔 손에 힘이 들어갔습니다. 곧이어 띠잉-소리를 내며 버스의 뒷문이 열렸고 전 접었던 우산을 펴고 학교 정문으로 발길을 옮겼습니다.

"하아- 이 생양아치 같은 놈이 이제 막 나가네. 교복도 안 입고 학교를 와?"

담임선생님을 만나러 교무실로 향하는 복도에서 옆 반 선생님과 마주쳤습니다. 선생님은 제 오른쪽 귀를 있는 힘껏 잡아당기시더니 벽으로 몰아세웠습니다. 순간 반항심에 선생님을 노려봤습니다. 찰싹. 찰싹. 뺨 맞는 소리에 옆 반 학생들이 전부 저와 선생님이 서 있는 곳으로 시선을 돌렸습니다. 그 자리에서 제 뺨 열일곱 대를 때리신 선생님은 그제야 분이 풀리셨는지 저를 교무실에 데려다주었습니다.

"네가 아주 학교에 먹칠을 다 하는구나?"

저는 고개를 숙이고 담임선생님의 책상 앞에 앉았습니다. 평소에도 반 평균 성적을 떨어뜨리더니 결국 이 사달을 내냐면서 언성을 높이셨습니다.

똑. 똑. 그때 엄마가 교무실 문을 열고 들어왔습니다. 엄마는 평소답지 않게 단정하게 차려입고는 선생님을 향해 고개를 숙이셨습니다.

"우리 애가 학교에 심려를 끼쳐서 죄송합니다."

엄마는 마치 큰 죄를 지은 것처럼 두 손을 모으고 제 옆에 의자를 끌고 와 앉았습니다.

"엄마 고개 들어. 왜 엄마가 그러고 있는 건데. 엄마가 무슨 죄지었어?"

찰싹. 그때 담임선생님이 손을 치켜세우더니 제 뺨을 후려쳤습니다.

"이게 어디서 어른들이 대화하는데 껴들어! 넌 학교의 수치야, 수치! 알아?"

엄마는 눈을 동그랗게 뜨면서 선생님과 뺨을 부여잡고 있는 저를 번갈아 쳐다봤습니다. 엄마는 너무 놀란 나머지 쉽게 입을 떼지 못하고 있는 것 같았어요. 잠시 침묵이 돌았고 엄마는 이내 정신을 차리셨는지 떨리는 목소리로 입을 열었습니다.

"제가… 잘못 키운 죄입니다. 제가…"

자퇴서를 내고 학교 정문을 빠져나왔습니다. 우산을 내던지고 비를 흠뻑 맞고 싶은 심정이었어요. 엄마는 아무 말 없이 제 앞을 걸어가셨습니다. 앞서가는 엄마의 뒷모습을 보면서 "엄마!"하고 말을 건네고 싶었어요. 하지만 입술이 쉽게 움직여지지 않았습니다. '뭐라고 말을 좀 해봐!' 입 밖으로 내뱉지 못한 말을 마음에 품고, 우린 버스에 올라타 집으로 향했습니다.

엄마는 집에 도착해서도 아무 말도 하지 않으셨어요. 아버지가 퇴근하시고 나서야 엄마는 제게 말을 거셨습니다.

"너 이제 어떻게 할 거야? 네가 뭐가 부족해서!"

부모님은 아직 저의 이탈을 인정하지 못하셨습니다. 엄마는 말을 하던 중간에 울음이 터져 나와 다음 말을 이어 하지 못하셨습니다. 날카로운 송곳이 가슴을 찌르는 것 같아 자리를 박차고 일어났습니다. "그만 좀 해!"라며 소리를 지르고는 다시 방으로 들어와 방문을 걸어 잠갔습니다. 손발이 떨렸고 얼굴 근육조차 굳는 듯한 느낌이었어요. 그때 사실 제가 아버지와 엄마에게 하고 싶은 말은 '그만 좀 해!'가 아니었습니다. '너무 걱정하지 마. 걱정 안 끼치게 잘할게.' 이 말을 하고 싶었는데, 왜 그렇게 제 마음과는 반대되는 말이 나오는지 잘 모르겠습니다.

자퇴를 하고 얼마 되지 않아서 저는 완전히 길을 잃어버렸습니다. 주변에서는 "호되게 때려서라도 말렸어야지!"라며 부모님을 볼 때마다 한마디씩 거들었습니다. 그 이후로 전 한 달 동안을 방에서 나오지 않았습니다.

계속해서 잠을 잤습니다. 꿈이 현실이고, 현실이 꿈이었기를 바라면서 다시 눈을 감았습니다. 당장 내일부터 무엇을 해야 할지 모른 채로 잠이 들었습니다. 얼마의 시간이 지났을까요. 창문 밖으로 보이는 밤하늘은 어둑해져 다시 돌아올 내일의 하루를 기다리고 있었습니다. 하지만 저의 평범한 내일은 돌아오지 않았어요. 그리고 그 후로 아주 오랫동안, 아무리 고개를 들어 하늘을 올려다보아도 제 인생에는 해가 뜨지 않았습니다.

알약

교복을 버렸습니다.

엄마는 나중에 추억으로 한 번씩 꺼내 보라고 했지만, 저는 오바로크 된 이름표를 뜯어내고 헌 옷 수거함에 교복을 밀어 넣었습니다. 모든 게 불만이었고 모든 것으로부터 도망치고 싶었습니다. 중학교 때 항상 반 1등을 놓치지 않았던 반장은 저를 보며 이렇게 말했습니다.

"널 보면 항상 자유로워 보여. 너무 부럽단 말이지."

반장이 말하는 자유는 아마 이런 것이겠죠. 일어나고 싶을 때 일어나고, 학교도 나오고 싶을 때만 나오는 것이요. 저도 사실 그런 자유로움이 좋았습니다. 하지만 그땐 알지 못했습니다. 모든 자유에는 책임이 따른다는 것을요. 그 당시의 결정이 평생의 꼬리표가 될 줄은 몰랐습니다. 전 어떤 곳을 가더라도, 어떤 환경, 어느 사람들을 만나더라도 질문을 받았습니다.

"나중에 취업은 어떻게 할래? 앞으로는 또 어떻게 벌어 먹고살 거고? 결혼은 할 수 있겠니?"

'네 인생 도대체 어떻게 할래?'와 같은 질문들로부터 전 자유롭지 못했습니다. 제 신체를 해방했던 그 '자유로움'이 부메랑이 되어 저를 철저하게 감시하고 단단하게 꼬인 매듭으로 돌아와 정신과 행동을 속박했습니다.

그 이후, 전 스스로를 가뒀습니다. 등이 아픈 건지 허리가 아픈 건지 온몸이 영 불편한데도 몸을 좌우로 한 번씩 돌려 누울 뿐이었죠. 쉽사리 일어날 의지가 생기지 않았습니다. 얼마나 머리를 감지 않았는지 하얀 각질이 어깨 위에 수

북했고 피부는 온통 빨개져 긁은 상처가 빼곡했습니다. 친구들이 모두 교복을 입고 학교로 발걸음을 옮길 시간에 전 멈춰 있었습니다. 그리고 모든 불을 껐어요. 햇빛조차 들어오지 않게.

학교를 그만두자 엄마는 매일 같이 우셨습니다. 외갓집 식구들은 너무나도 가난해서 어릴 적 학교를 다니지 못했다고 합니다. 엄마는 밭일을 할 때면 교복 입고 걸어가는 친구들의 모습이 그리 부러웠다고 해요. 그래서일까요. 엄마는 안방 옷장에 제 교복을 잘 다림질해 걸어놓으셨습니다. 제가 이따위 것 꼴도 보기 싫다면서 교복의 오바로크를 손으로 뜯어낼 때, 심하게 구겨지고 망가진 교복을 보면서 엄만 참 많이 우셨습니다.

"너 그렇게 나약하게 마음먹어서 어떻게 살아가려고 그러니? 엄마가 너 어떻게 키운 줄 알아?"

엄마는 하루종일 누워있는 제 모습을 보면서 소리치셨습니다. 내용 대부분은 아들이 망가져 가는 모습을 어미로서

보는 것이 가슴 찢어진다는 것이었죠. 하지만 속상함의 표현이 당시 저에겐 그저 원망으로만 들렸습니다. 원망이 한 차례 지나가면 엄마는 이런 말도 빼놓지 않았습니다.

"부모가 가난해서… 학원 한번 보내주지 못해서 그런 거지? 매번 전학이나 다니게 하고, 엄마 아빠가 가난해서 미안해."

소리 지르는 것도 지쳐 모든 걸 내려놓은 듯한 목소리. 저는 그 말이 너무나도 듣기 괴로웠습니다. 엄마의 말처럼 정말 가난 때문이었을까요? 저는 왜 그렇게 부모님이 가장 아끼는 저를 볼모 삼아 협박하듯 굴었을까요. 마치 뭔가에 복수라도 하려는 듯이 말입니다. 엄마는 큰 빚을 지게 된 아버지를 향한 원망과 낙오자가 된 아들로 인한 마음속 출혈로 매일 같이 괴로워하셨습니다.

어느 날, 학교 밖 청소년들을 위한 쉼터를 알게 되었습니다. 가출을 하고 잘 곳을 찾다가 알게 된 곳이었죠. 부모님은 분노와 질책이 저를 움직이게 할 수 없다는 걸 깨닫고 절망하셨습니다. 고성이 오가는 그 전쟁 같은 시간 속에서 저는 맨몸으로 뛰쳐나왔습니다. 다행히 가출 청소년에게 잘 곳을 제공해 주는 시설에서 한동안 생활할 수 있었습니다. 건물 안으로 들어가기 직전, 정문 입구에 붙어있는 한 문구에 시선이 갔습니다.

'우리가 함께하는 공존의 세상을 위하여'

두 가지 이상의 사물이나 현상이 함께 존재한다는 의미의 공존. 학교 안에서의 그들과 학교 밖에서의 제가 어찌 됐든 세상에 섞여 함께 살아가야 한다는 의미였습니다. 공감됐습니다. 왜냐하면 전 그저 다른 공간에 서 있을 뿐이지, 돌연변이가 아니었기 때문이죠. 있는 그대로 현상하고 있었던 것입니다. 가정과 학교에 적용하지 못했다고 해서 완전히 삶이 끝나버린 건 아니었으니까요. 자퇴생, 가출 청소년, 사회 부적응자. 참 끈질기게 저를 따라다니던 단어입니다. "너 어떻게 살래?"라는 말들, 아무리 항변하고 소리를 질러봐도 이

낙인은 좀처럼 쉽게 지워지지 않았습니다. 어느 순간 저 역시도 "학교도 제대로 다니지 않은 놈이 뭘 할 수 있겠어."라는 말을 입에 달고 살았습니다. 그러자 "너 어떻게 살래?"라며 제 열등감을 이끌던 사람들이 이제는 "그렇게 피해의식이 있어서 어떻게 살래?"라고 말을 비틀더군요. 사람들은 제게 어떤 대답을 듣고 싶었던 것일까요. "그래요. 전 그런 놈입니다." 바닥에 납작 엎드린 완전한 항복, 결국 제가 이 말을 스스로 뱉기를 원했던 것일까요.

그때 전 심각한 우울증을 앓고 있었습니다. 자퇴하고 한 달 후에 검정고시 학원을 등록했지만 수업을 거르는 날이 태반이었습니다. 부모의 이혼, 학대, 폭력에 노출되어 제도권으로부터 튕겨 나온 사람들. 비슷한 환경은 공감대가 되었고 그들과 저는 빠르게 가까워졌습니다. 며칠 동안은 매일 술을 마신 적도 있었어요. 술을 마시고 자고 다음 날 다시 술을 마시고, 삶을 포기한 사람처럼 비틀거리며 살았습니다. 밖으로 나가지 않은 날은 하루종일 누워있다가 이유

없이 오열하며 이불을 끌어안았죠. 새벽까지 깨어있다가 종종 7층 높이의 창문에 걸터앉았습니다. 다리를 창문 밖으로 빼고 아래 땅바닥을 한참 동안 쳐다보다가 내려와 다시 침대에 누웠어요.

간혹 세상 사람들은 인생을 터널로 비유하기도 하잖아요. 그렇다면 저는 그 당시 어디쯤 서 있었던 것일까요. 그땐 왜 창문 밑으로 바라본 땅바닥이 이 끝이 보이지 않는 긴 터널의 유일한 출구라고 생각했을까요. 결국 정신과를 찾았습니다. 사실 그때 정신과를 찾은 가장 큰 이유는 가족들에게 저의 상처를 알리려는 것이었습니다. 누워있던 저를 향해 쏟아지던 말들은 제가 어떤 사람인지에 대한 내용이었습니다. 게으르고, 나약하고, 무기력한 놈이라는 말이 창문에 걸터앉은 저를 힘껏 밖으로 떠미는 거 같았거든요.

처방받은 알약을 손바닥 위에 놓았습니다. 비참했습니다. 얼마 살지도 않은 놈이 왜 정신과 약이나 먹으며 살아야 하는지, 사람들 말처럼 제 인생은 정말 답이 없는 것인지 분하기도 했습니다. 그때 왜인지는 모르겠지만 이보한과 함께 뛰어놀던 장면이 떠올랐습니다. 자전거를 타고 어둑해질 때까지 뛰어놀았던 그때, 하염없이 웃다가 머리만 대면 곯아떨어졌던 그때, 다시는 돌아오지 않을 그때를 그리워하면서 울컥 삐져나오려는 눈물을 머금고 하얀색 알약 두 알을 목 속 깊숙이 삼켜 넘겼습니다.

주저흔

"그렇게 은둔생활을 얼마 동안 하신 거예요?"

창문에 걸터앉아 이야기를 듣던 상담사의 표정이 심각하게 변했습니다. 부모님과의 갈등, 학업을 중단했던 경험, 극단적인 생각이 들 정도의 우울에 대해 진술하던 저의 표정도 무겁게 가라앉았습니다. 당시의 장면과 감정을 떠올리니 눈시울이 뜨거워졌습니다.

"6년 정도요. 그런데 6년을 쭉 이어서 은둔한 건 아니에요. 두 달을 잠만 잔 적도 있고요. 아르바이트를 한두 달 하다가 다시 반년을 방문을 잠그고 있기도 했어요. 다시 또 친구들과 어울리다가 몇 개월간 모든 연락을 다 끊고 방에만 있기도 하고, 그렇게 17년을 반복했어요. 방에만 있던 시간을 다 합치면 6년 정도…"

단순히 학업이나 직장 스트레스에 대한 상담 요청인 줄 알았을 텐데, 생각보다 무거워지는 이야기에 잠시 침묵이 이어졌습니다. 제가 석, 박사과정을 전공하면서 책을 두어 권 출간한 것을 그녀도 알고 있었거든요. 일을 하면서도 집필활동을 하고 학업도 이어가는 제 모습을 보고 '굉장히 열정적인 사람이구나.'라고만 생각했지, 제게 이런 서사가 있었다는 것을 알고는 그녀도 적잖이 놀랐다고 했습니다.

"계속 이야기하면 될까요?"

"그럼요. 다만 이야기하다 힘드시면 언제든지 멈추셔도 돼요."

상담사는 제게 물 한 컵을 건네더니 다시 자리에 앉아 이야기를 들을 준비가 됐다는 표정으로 제 얼굴을 바라봤습니다.

　저는 어느덧 몸을 일으키고 물을 몸에 묻히기까지 큰 용기
가 필요한 지경에 이르렀습니다. 아주 옅은 빛이 들어와도
신경질이 났습니다. 방 문고리가 돌아가는 소리에도 제 심
장은 쿵 하고 떨어졌습니다. "나를 좀 가만히 내버려 두라."
라는 제 목소리와 "공사장에서 일을 하든지, 공부를 하든지
뭐라도 좀 해라."라는 엄마의 말이 서로 뒤엉켜 마찰을 일으
켰습니다. 가족들은 한 달이면 되겠지, 저러다 말겠지 했지
만 이런 생활이 벌써 삼 년이 다 되고 있었어요. "누구네 아
들은 수시로 어느 대학에 붙었네, 누구네 딸은 유학을 떠났
네."라는 소리가 들려왔습니다. 저는 어떻게 보면 가장 중요
한 시기라고 볼 수 있는 십 대의 마지막을 산송장처럼 날려
보냈습니다. 보다 못한 형도 제 멱살을 잡았습니다.

　"너 진짜 미쳤어? 도대체 왜 그래? 어디 아픈 거 아니야?"

　저는 도대체 왜 그랬을까요. 어디가 아픈 것은 맞습니다.
형은 대가리가 어떻게 된 거 아니냐고 물은 거겠지만요.

저도 당시에 청소년을 위한 책을 보고 강연을 들어도 봤지만 공감되진 않았습니다. 착실히 계단을 밟아 대학에 가고 직업을 찾는 일련의 과정을 수행하기 위한 서적과 강연들. 하지만 저같이 첫 단추를 잘못 끼우고 스스로를 옭아매며 길을 잃은 사람들을 위한 강연이나 서적은 많지 않았습니다. 문과나 이과의 갈림길에서의 고민, 지방대에서 서울로 상경하기까지의 과정, 그들의 시련과 극복의 사례는 제 것과는 크게 달랐죠. 대학이나 도서관에 진열된 '학교 밖 청소년 실태조사서', '부적응 학생 지도 매뉴얼'에 저의 이야기는 없었습니다. 그래프로, 데이터로, 수치화되어 있는 부적응 청소년들의 이야기. 저라는 사람도 그 숫자 중 하나였을 뿐이었죠. 저는 그 사람들과 마주 보며 이야기를 나누고 싶었습니다. 성장 과정을 들어보고 싶었고, 서로 공감하고 위로받고 싶었습니다. 하지만 당시에는 학교 밖 청소년을 바라보는 시선이 그리 곱지 않았어요.

약을 거르지는 않았지만 크게 나아지는 건 없었습니다.

가족들과 마찰은 점점 더 심해져 갔고 저는 도태되고 있었어요. 가끔 텐트를 들고나와 뒷산 어디든 펴고 잔적도 있었습니다. 날씨가 따뜻한 날이면 노상 벤치에 누워 잠을 자기도 했죠. 그러다 하루는 집에서 뛰쳐나와 영등포역으로 향했어요. 역에서 하룻밤 신세를 질 참이었죠. 빼곡히 들어선 사람들, 막걸리 두 통을 들고 나타난 젊은 남자의 주변으로 사람들이 몰려들었습니다. 우린 동그랗게 둘러앉아 각자가 처한 자신의 처지에 대해서 늘어놓기 시작했습니다.

제가 있는 환경에서 저는 돌연변이였습니다. 튀고, 특이하고, 세상과 섞이지 않는 사람. 한때는 웃기게도 스스로 특별한 것이 아닌가 하고 생각한 적도 있습니다. 하지만 이곳에서 저는 지극히 평범한 사람이었어요. 다들 비슷한 과정을 겪었고 비슷한 결과를 만들었더라고요. 어떤 사람들은 집에서 찾으러 다니는데도 불구하고 절대로 집에 들어가지 않았죠. 찾으면 다시 역으로 나오고, 찾으면 다시 나오고. 집보다 이곳에서의 삶이 더 편하다는 사람들의 이야기를 들으면서 어느새 저도 곯아떨어지고 말았습니다.

저는 스스로 갉아먹고 있었습니다. 지금 같으면 상상도 못 할 행동들을 쉽게 하곤 했어요. 어쩌면 저 자신이 너무 싫어서 스스로에게 벌을 내리는 것인지도 모르겠습니다. 자해의 목적은 자기 처벌 혹은 자신의 힘듦을 외부에 알리려는 것입니다. 제가 창문에 걸터앉았을 때, 누군가 한 사람이라도 저를 바라봐주기를 바랐던 것처럼 말입니다.

'주저흔'이라는 단어가 있습니다. '주저하다'와 '흔적'이라는 두 가지 단어가 혼합된 의미입니다. 극단적인 선택 전에 주저한 흔적이 있다고 하여 '주저흔'입니다. 누구에게나 마음속에 하나쯤 주저흔이 있습니다. 죽고 싶다는 마음속에는 분명히 '죽고 싶지 않아'라는 마음이 한가운데 자리 잡고 있습니다.

나는 **죽고** 싶어
살고 **싶지** 않아
　　않아

죽고 싶다는 마음 한편에 살고 싶다는 욕망, 제 마음속 깊은
곳에도 진한 흔적 하나가 주욱-하고 그어졌습니다.

나의 하루

영원히 끝나지 않는 하루.

하루와 하루가 이어져 반복되는 시간에 갇힌 채 다시 아침이 찾아왔습니다. 수능을 마친 친구들은 성인이 된 것을 축하했고 대학에서의 새로운 시작을 알렸지만 저는 그들 틈 사이에 끼어들지 못했습니다. 종종 성인이 된 저의 모습을 상상해 본 적이 있습니다. 딱히 대단하고 신나는 일이 벌어질 거라는 기대를 한 건 아니었지만, 이렇게 자기 파괴적인 모습은 상상도 해보지 못했어요. 성인이 되던 해에 우울증 약을 먹으며 스스로를 가둔 아들을 보는 부모는 어떤 심정이었을까요.

엄마가 장을 보고 오시는 길에 우편함에서 어떤 봉투를 가져왔습니다. 그리고 그 봉투를 제 방에 던져놓고는 문을 닫으셨죠. 하얀색 봉투. 이번엔 국세청에서 아버지 앞으로 보낸 것이 아니었습니다. 부모에게 빌붙어 기생충처럼 사는 저 같은 놈도 성인이고 대한민국 국민으로 인정해 주는 건지 병무청에서 병역 판정 검사서를 보내온 것이었죠.

처음엔 입대에 대한 두려움이 먼저 밀려 들어왔습니다. 방문 밖으로 한 발짝도 내딛지 못하는 겁쟁이가 군대에서 단체생활을 할 수 있을지 판단이 서질 않았습니다.

"저건 아들이 아니고 원수야, 원수! 내가 전생에 무슨 죄를 지었길래."

엄마는 설거지를 할 때마다 한숨을 내쉬었습니다. 어쩌면 지금 이 한 장의 우편이 끝나지 않을 것만 같은 제 굴레를 끊어줄 수 있지 않을까요. 어떤 것이든 간에 지금 이 영원한 하루를 잠시라도 끊어줄 만한 것이 필요했습니다.

교복을 벗어 던질 땐 기분이 홀가분했지만 여느 청춘 드라마처럼 낭만 있게 막이 내리는 건 아니었습니다. 삶은 무슨 일이라도 있었냐는 듯 이어졌고 이것은 현실이었지요. 교복을 입고 지나가는 또래 친구들을 보면서 부럽다는 생각마저 들 줄은 몰랐습니다. 제도권에 소속되어 사는 것을 왜 속박이라고만 생각했을까요. 그것이 저를 보호해 줄 수도 있다는 생각은 왜 해보지 못했을까요. 중심에서 벗어나서 매일 주변만 둥둥 떠다니는 인생. 불안했고 외로웠습니다. 의지할 곳도 없습니다. 다시 어딘가에라도 소속되고 싶었습니다. 군복 사진을 인터넷에 검색했을 때, 저 옷을 입고 사람들과 섞여 제 사회생활의 첫발을 떼고 싶은 마음이 생겼습니다.

"현역은 안 되겠는데요."

신체검사를 받고 결과를 들으러 민원 창구로 향했습니다. 신체는 정상이었죠. 제 마음은 뭉그러졌지만 제 신체는 건

강했습니다. 시력도, 내장 기관도, 허리나 팔과 다리도 모두 정상이었습니다. 그런데 왜 입대가 안 된다고 하는 것인지 이해가 되지 않았어요. 혼란스러움에 머뭇거리던 그때 창구 직원이 모니터를 휙 하고 제 쪽으로 돌렸습니다.

'4급 판정 (학력 미달)'

"최종학력이 중졸이시죠? 중졸은 현역 입대 안 돼요. 공익 가셔야 해요."

"왜요? 신체가 이렇게 건강한데도요?"

"규정이 그래요, 규정이. 총을 만지고 군사훈련을 이행할 만큼의 기본적인 교육이 안 됐다고 판단하는 거죠."

총을 잡을 만큼의 기본교육에 미달이라니, 대기실에 있던 사람들이 부러운 표정으로 저를 바라봤습니다. 하지만 전 그들과 다른 처지에 놓여있었습니다. 그때 모니터에 '학력 미달'이라는 단어가 왜 그렇게 크게 보였는지 모르겠어요.

"방법이 없을까요?"

남들은 그렇게 가기 싫어하는 게 군대인데, 가고 싶어 안달 난 사람처럼 애걸복걸하는 제 모습을 보고 창구직원이 신기한 듯 쳐다보며 입을 열었습니다.

"내년 초까지 검정고시 합격하면 자격이 되니까요. 그때 지원하면 신분이 바뀔 거예요."

처음으로 어떤 목표란 게 생겼습니다. 절실함을 가미할 정도의 목표는 아니지만, 어차피 검정고시는 넘어야 할 산이었죠. 태어나서 한 번도 해보지 않은 공부를 시작했습니다. 처음에는 한 시간 앉아있는 것도 힘들었습니다. 공부는 머리로 하는 게 아니라 엉덩이로 하는 것이라던데, 왜 이렇게 한 시간 이상 앉아있는 것이 힘이 들까요. 초등학교 교재를 사서 잊었던 구구단을 외우고 나누기, 분수 같은 것을 암기했습니다. 학교에 다닐 때도 암기를 잘하지 못해서 '나머지 교실'에 단골손님이 저였거든요. 하지만 그렇게 일주일, 그렇게 한 달, 결국 전 하루 세 시간씩 책상에 앉아있을 수 있게 됐습니다. 시험 일정을 꼼꼼히 확인하고 시험 날이 오기를 기다렸습니다. 시험 당일은 이상하게 긴장이 되지 않앗어요. 사실 촉박한 시험시간에 쫓겨 어떤 답을 기재하고 나왔는지도 잘 기억나지 않았습니다. 시험장 앞에는 검정고시 학원 선생님들이 합격 기원 플래카드를 들고 서 계셨어요. 잘 봤냐는 물음에 머쓱한 웃음으로 답변하고는 시험장을 빠져나왔습니다.

합격자 발표날, 저는 불합격 통지를 받았습니다. 함께 검정고시 학원에 다니던 친구들은 그날 모두 합격해 나갔습니다. 그 이후로 학원에 나가지 않았어요. 알고 지내던 사람들이 더 이상 학원에 남아있지 않았거든요. 상대적인 박탈감이 또다시 저의 세계에 엄습해 왔습니다. 그들이 너무 부러웠어요. 이제 어디를 가든 당당하게 "고등학교 졸업했습니다."라고 말할 수 있게 된 것이잖아요. '중졸'이라는 두 글자가 마치 이마에 새겨진 것처럼 전 고개를 들지 못했습니다. 그리고 이후 한 달 동안 다시 방 밖으로 나오지 않았습니다.

다행히 그해 하반기에 한 번의 기회가 더 있었습니다. 방에 누워서 틈틈이 문제집을 펼쳤습니다. 남은 6개월의 시간, 다시 하루 세 시간씩 책상에 앉았습니다. 한 번 더 시험 일정을 꼼꼼히 확인했고 시험 날이 오기를 기다렸습니다. 시험 당일은 그때와 같이 긴장되지 않았어요. 시간에 쫓겨 무슨 답을 기재하고 나왔는지 잘 기억나지 않은 것도 마찬가지였습니다. 학원 선생님들의 잘 봤냐는 물음에 이번에는 환한 웃음으로 답변하고 시험장을 빠져나왔습니다.

그리고 결국 검정고시에 합격했습니다. 학교를 뛰쳐나와 검정고시 학원을 등록한 지 4년 만이었죠.

그 이후, 곧바로 병무청에 지원서를 다시 작성했고 현역 입대가 받아들여졌습니다. 그때 전 제 자유를 포기함으로써 저를 옭아매던 '학력 미달'이라는 구속에서 벗어났습니다. 합격자 발표날 흘린 눈물은 그동안 후회와 좌절로 인해 흘린 눈물보다 더 따뜻했어요. 물론 군대에 입대하고 백번 천번 더 후회했지만요. 어쨌든, 그때 전 처음으로 제 손으로 무언가를 이뤘다는 것에 큰 기쁨을 느꼈습니다.

어떤 사람들은 "뭐든지 흐르는 대로 두라."라고 말합니다. 모든 건 정해져 있다고. 물론 우주의 관점에선 저의 이 작은 발버둥조차 하찮게 느껴질지도 모르겠습니다. 하지만 전 이 흐름에 저항하기로 다짐했습니다. 제 인생에서 가장 약점이라고 생각했던 부분을 이겨냈던 그 순간에 말이죠.

심리학 용어 중에 '자기 효능감'이라는 단어가 있습니다.

자신이 어떤 일을 성공적으로 수행할 수 있는 능력이 있다고 믿는 기대와 신념

누군가에겐 사소한 행위일 수도 있겠지만 저에겐 아주 큰 도약이었어요. 그때의 일은 제 인생 처음으로 '자기 효능감'을 높여 주었습니다. 사소한 행위라도, 작은 성취라도, 반 발자국이라도 내디뎌보는 경험. 그 경험은 저처럼 절망에 빠져들어 허우적대는 사람들에겐 꼭 필요한 작업임이 분명합니다.

그때는 잘 몰랐습니다. 이러한 작은 행동 하나하나가, 아무엇도 없는 삭막한 폐허 같은 제 인생에 작고 푸른 씨앗 하나를 심어 놓고 있었다는 것을요.

그것은 완전한 애도였다

"제대 후에는 곧 취업하신 건가요?"

상담사가 잠시 제 진술을 멈춰 세웠습니다. 검정고시에 합격한 경험을 진술할 때 그녀 역시 함께 기뻐해 주었거든요. 제대 이후에 제 인생에 어떤 반전이 있었을까를 은근히 기대하는 표정이었습니다.

"사실 제가 가장 힘들었던 시기는 바로 이때부터였어요."

전 미리 그려놨던 인생 그래프를 꺼냈습니다. 학창 시절에 점점 하향화되던 선은 검정고시 합격 이후 살짝 반등했다가, 군 제대 이후에 수직으로 고꾸라졌습니다. 이제까지의 부모와의 갈등, 학교 밖 청소년의 경험은 앞으로 이어질 비극의 서막에 불과했습니다.

"연락할 테니까 일단 돌아가세요."

대학가 근처에 있는 작은 편의점에서 아르바이트 채용공고를 냈습니다. 제게 편의점이라는 곳은 담배를 사거나 급히 일용품을 구매할 때나 들르는 곳이었습니다. 잠시 머물거나 스쳐 지나가는 곳, 그 이상도 그 이하도 아니었습니다. 하지만 이곳을 직장의 개념으로 마주하니 상황은 완전히 달라졌습니다. 20대 후반, 이제는 이곳도 힘껏 두드리지 않으면 쉽게 자리를 내어주지 않는 공간이 돼버렸죠.

"군대에 가면 사람 좀 돼서 돌아오겠지!"라던 아버지와 형의 기대는 산산조각이 났고 그 날카로운 조각은 다시 가족들의 가슴에 박히고 말았습니다.

물론 군대에서 느낀 바도 많았습니다. 하루에도 수 켤레씩 선임들의 구두를 닦으면서 '그동안 우리 아버지 구두 한 번 닦아드리지 못했는데.'라고 생각했고, 내무반에서 쏟아져 나오는 양말과 속옷을 손빨래하면서 '나란 놈도 아들이라고 우리 엄마는 내 속옷을 손빨래해주셨는데.'라는 생각도 처음으로 하게 됐습니다. 잠시 멈췄다고 생각했습니다. 분명 서 있었을 뿐이었다고 생각했어요. 하지만 저를 둘러싸고 있는 배경은 너무도 빠르게 흘러갔고 어느새 저는 동떨어진 곳에 홀로 덩그러니 서 있었습니다. 그리고 언제나 그랬듯이 편의점 아르바이트 면접 결과를 알리는 휴대폰 진동은 울리지 않았습니다.

사실 채용 문자가 왔다고 하더라도 그 일을 할 수 있었을까요. 이전에도 몇 번의 기회는 있었습니다. 하지만 무엇을 하든 두 달 이상을 가지 못했죠. 어쩌면 채용 연락이 오지 않길 기대했을지도 모릅니다. '분명 노력은 했으나 빌어먹을 세상이 날 받아주지 않아!'라고 잘 포장해 세상 탓으로, 남 탓으로 전가하기를 원했을지도 모르죠.

어느덧 군대를 제대한 지 4년이 지났고 학교를 자퇴한 지 10년이 지났습니다. 물론 검정고시를 거쳐 군대를 다녀왔던 경험이 제 삶에 씨앗을 심어준 것은 분명합니다. 하지만 안타깝게도 그 열매는 곧바로 결실을 보지 못했습니다. 토양과 공기, 햇볕이 씨앗을 비춰줘야 열매도 활짝 필 텐데, 어두운 그늘에 몰아넣은 제 씨앗은 꽤 오랫동안 움츠리고 있었던 것이죠.

청소년기에 함께 뛰어놀았던 동창들의 소식이 SNS를 통해 전해 들려왔습니다. 대학교 MT에서 벌어진 로맨틱 소설 같은 이야기들, 대기업 인턴으로 취업하고 회식 자리에서 찍어온 사진, 세상에 일찍 자리 잡은 누군가는 예쁜 꽃이 새겨진 청첩장을 보내왔습니다. 잠을 아끼며 수능을 준비하고 세상의 흐름에 발맞춰 노력한 대가였던 것이겠죠. 누군가는 말했습니다. 주변을 의식하지 말라고. 남들과 비교하지 말라고. 하지만 전 그러한 경지에 도달하지 못했습니다. 고백하자면 앞으로도 관계와 환경, 문화, 제도에서 해방되어 독야청청의 단계에 이르지 못할 것입니다. 과연 인간의 근본

적인 본능인 소속과 인정의 욕망으로부터 해방되는 것이 가
능한 것일까요?

"넌 요즘 어떻게 지내?"

동창들의 근황이 오고 가던 틈 사이에서 누군가 제게 질문
했습니다. 단순히 잘 지내냐는 인사를 건넨 것이었지만 그
질문이 왜 그리도 날카롭게 느껴졌을까요.

"나야 그냥… 사는 게 다 똑같지 뭐."

소주나 한잔 먹게 나오라며 그들이 건넨 손을 붙잡을 엄
두가 나지 않았습니다. 한동안은 모임에도 빠지지 않고 나
갔지만 이내 그만두었습니다. 사람이 싫어서 고립을 선택한
것은 아닙니다. 어릴 때는 정말 새까맣게 탈 때까지 친구들
과 어울려 뛰어놀았거든요. 사람을 너무 좋아하는 게 걱정
이라는 이야기를 들을 정도였죠. 저도 그들과 어울려 취업
준비도 하고 싶었고 직장에 들어가 각자의 상사 욕이라는 것
도 해보고 싶었습니다.

이력서 A4용지는 제게 운동장처럼 크게 느껴졌고 집어넣

을 것이라곤 '검정고시 졸업'과 '군 제대'라는 두 줄의 이력밖에는 없었습니다.

"검정고시를 보셨네요? 제대하곤 뭐 하셨어요?"

경력 사항은 텅 비었습니다. 제대 후 4년이라는 시간 동안 뭘 했냐는 물음에 뭐라고 대답해야 할까요.

"그게 그냥… 이것저것…"

면접을 마치고 돌아오는 길에는 항상 고개가 땅으로 떨궈졌습니다. 바닥 타일에 그어져 있는 밑 금을 따라 멍하니 지하철 플랫폼으로 들어가 집으로 향했습니다. 그리고 다시 이부자리에 누웠죠. 사각 모니터 프레임 밖의 세상에서 제가 설 자리는 없어 보였습니다.

'절망감보다 무서운 것이 무망감이다.'라는 말이 있습니다. '무망감'은 어떤 것에도 흥미를 갖지 못하는 상태를 말합니다. 제 마음도 점점 닫혔습니다. 상처받는 것이 두려웠습니다. 그 어떤 것도 증명해내지 못한 제 말은 누구의 귓가에도 닿지 않았죠. 저의 근황은 도마 위에 올라가 자근자근 썰려 누군가의 술자리에서 좋은 안줏거리가 됐습니다. 그나마

친하게 지내던 친구 녀석이 공무원 시험에 합격해 모인 축하 자리에서 저를 부를지 말지를 고민했었다는 얘기를 들으니 등골이 서늘해졌습니다. 그것은 동정을 넘어선 애도에 가까 웠습니다. '넌 완전히 끝나버렸어!'라는 애도.

대인관계에 어려움이 쌓여갔습니다. 저 사람이 날 어떻게 바라볼까. 눈빛을 마주하기가 힘들어지고 목소리는 작아졌 습니다. 학창 시절 정을 줄 만하면 전학을 떠났던 저였기에 이별은 늘 익숙한 것이었습니다. 하지만 이 외로움이라는 감정은 왜 이리도 익숙해지지 않을까요.

현자는 말합니다. 모든 걸 내려놓으라고. 그러나 저는 내 려놓을 것이 없었습니다. 가져본 사람만이 내려놓을 수도 있는 것 아닐까요? 이곳에서 벗어나려는 것이 제 욕심일까 요? 하지만 무엇을 탐내거나 누리고자 하는 뜻을 품은 이 욕 심마저도 내려놓는다면, 저는 더 이상 사람의 형상을 띄고 살아갈 수 없을 것만 같았습니다.

방에 수북이 쌓여있는 쓰레기들. 먼저 이 쓰레기부터 치우기 시작했습니다. 피와 살로 만들어진 사람이라는 저를, 이 널브러져 있는 쓰레기들과 구분하고 싶었습니다. 빨간 국물 자국이 얼룩진 컵라면 용기와 우유갑, 플라스틱 밀폐 용기들부터 비닐봉지에 담았습니다. 이부자리를 제외한 모든 곳을 주워 담고 쓸고 닦았습니다. 한 인간이라는 것을 증명할 수 있는 것이 당장 쓰레기 치우는 것 말고는 없었으니까요.

학교로, 사회로, 가정으로, 각자가 분리되어 자신의 자리를 찾아갔습니다. 하지만 전 분리수거 되지 않은 제 방 쓰레기들처럼 널브러져 있었어요. 방문 밖으로는 엄마의 성난 목소리가 들렸고 휴대전화에서는 동창들의 성취가 경쟁하듯 진동했습니다. 아버지는 다시는 방문을 잠그지 못하도록 문고리를 부숴버렸어요. 숨을 곳이 필요했습니다. 제 몸 하나 숨겨줄 구멍이라도 있으면 들어가 웅크리고 싶었습니다. 하지만 아무리 주변을 둘러보아도 제 숨구멍은 보이지 않았고, 급기야 저는 주변 사람들이 제가 죽었다고 생각하길 바라는 지경에 이르렀습니다.

살아있는 것만으로도 감사하다는 말

괴담처럼 입과 귀로 옮겨지는 이야기가 있습니다. 이 이 야기의 내용은 어둡고 침울했지만, 사람들의 본능적인 호기 심을 자극하기에 충분했습니다. 이야기를 듣는 사람들의 반 응은 다양했습니다. 어떤 사람은 혀를 쯧쯧 찼고 누구는 역 정을 내거나 한숨을 내쉬었습니다. 또 어떤 이는 알 수 없는 묘한 쾌감을 느꼈죠. 마치 역병처럼 퍼진 이 이야기의 무대 는 2평 남짓한 작은 방. 한 젊은 은둔자에게 그 방은 전체이자 우주였습니다.

　학교를 그만두고 십 년째 방에 틀어박힌 아들이 있다는 소식은 친척뿐만 아니라 엄마, 아버지의 지인들에게도 퍼졌습니다. 간혹 부모님의 손님이 오시면 전 방에서 나오지 않았고 소변이 급해도 참았습니다. 기침이 나오면 이불을 뒤집어썼죠. 집에 우환이 하나 들어앉아 있으니 저 때문에 온 가족이 십자가를 지고 가는듯했습니다.

　"살아있는 것만으로도 감사하다."

　학교를 그만두고 십 년이 지나자 엄마는 저에 대한 모든 기대를 내려놓으셨습니다. 자식들에게 참 열정적이셨는데, 그 열정이 이젠 다 타버려 재가돼버린 것이겠죠. 두뇌 발달에 좋다며 피아노 학원으로 제 손을 잡아끄시던 엄마의 표정이 기억납니다. 저를 농구부에 입단시키기 위해 앞장서시던 그 발걸음도 기억나고요. 이젠 막내아들이 숨만 쉬어도 감사하다고 말씀하실 때 얼마나 가슴이 미어지셨을까요.

"저 방에는 누가 있는 거야?"

제게는 열 살 이상 차이 나는 늦둥이 동생이 있습니다. 특히 동생의 친구들이 집에 놀러 올 때는 온몸이 얼어붙는 거 같았습니다. 저라는 존재에 대해 알게 될까 봐 숨소리마저 죽였죠. 저 방안에 누가 있냐는 질문에 동생은 무슨 답변을 했을까요. 동생이 태어날 때 동생이 생겼다면서 환호성을 질렀던 것이 생각납니다. 걸음마를 뗄 무렵에 동생을 번쩍 들어 올리며 기뻐하던 순간도 떠올랐습니다. 생각이라는 것은 참 잔인한 것 같아요. 왜 꼭 절망적인 순간에 행복했던 장면이 함께 떠올라 사람의 마음을 더 비참하게 만드는 것인지 모르겠습니다.

부모님은 아무리 기도를 청해도 상황이 나아지지 않자 깊게 좌절했습니다. 얼마나 절실하셨으면 그리 독실하신 분께서 점까지 보러 가셨을까요. 지푸라기라도 잡고 싶은 심정으로 사주 집을 찾아 나섰습니다. 제 이름을 풀어보니 물과 불이 서로 부딪혀 인생에 문제가 있다고 했고, 그 말을 들은 엄마는 곧장 개명신청을 하시기도 했죠.

저도 아주 조금이지만 세상으로 발을 내딛고 있었습니다. 졸업장도 취득했고 국방의 의무도 다 마쳤습니다. 발 디딜 틈 없이 쓰레기장 같았던 방도 한 번씩 정리하기 시작했죠. 노숙으로 빠질 수 있었던 제가 지붕 아래 살 수 있는 건 모두 부모님의 지원 덕분입니다. '인간이라면 뭐라도 해야 한다.'라고 생각을 품은 게 그때 즘이었던 거 같습니다. 완전히 바닥을 찍고 '죽음'에 대한 생각을 품고 지나온 10년의 세월. 자기 연민도 지겨웠습니다. 세상의 탓으로 돌리는 것도 지쳤습니다. 다짐과 좌절을 반복하는 일에도 신물이 올라왔죠. 더 이상 누구도 저의 다짐을 믿어주지 않았으니까요. 심지어 가족마저도.

한 번은 노량진을 찾은 적이 있습니다. 다시 책가방을 메고 수업을 듣는 제 모습을 상상하면서요. 그렇게 긴장 반, 설렘 반으로 강의실에 문을 열었습니다. 전 그때 백 명이 넘는 사람들이 붙어 앉아있는 광경을 태어나서 처음 목격했습니다. 순간 뜨거운 열기가 제 얼굴을 치고 지나갔습니다. 그들은 일제히 책상에 시선을 둔 채 무언가를 적고 있었어요.

"다들 치열하게 살고 있었구나…"

전 얼굴을 들지 못했습니다. 그곳에는 저보다 열 살 가까이 차이 나는 어린 학생도 있었습니다. 검정고시와는 차원이 달랐던 두꺼운 책들, 이미 수능을 경험하고 대학까지 졸업한 사람들과의 경쟁에서 살아남을 엄두는 나질 않았습니다. '공무원 수험생'이라는 타이틀이라도 가지고 싶어서였을까요. 학원을 등록했습니다. 부모님께서도 고립되어 있던 제가 자리를 털고 일어나니 흔쾌히 백만 원이라는 비싼 금액을 지불했습니다.

처음엔 중학교 영어 단어 책부터 펼쳤습니다. 'other', 'price'와 같은 처음 보는 단어들이 1,800개나 수록되어있는 단어집. 문법은 또 왜 이렇게 수수께끼 같은지, 'The effect is~'로 시작되는 문장에서 왜 'The'가 주어가 아니고 'effect'는 동사가 아닌지, '맨 앞에 있는 것이 주어라고 하지 않았나…'라고 생각하면서 머리를 쥐어뜯었습니다. 당연히 이 정도는 알 것이라며 넘어가는 강의 영상에 답답한 마음이 들었습니다. 다행히 무료로 제공되는 중고등 수준의 강의를 찾아 자음과 모음, 주어와 동사부터 다시 암기했습니다.

"하다 하다 공무원 수험생으로 도망쳤네."라는 목소리가 저의 귀에까지 꽂혔습니다. 저의 경로는 주변 모두의 소소한 흥밋거리 중 하나였나 봅니다. 하지만 정말 분하고 화나는 것은 저 자신에게 있었습니다. "그것 봐! 내가 뭐랬어. 내 말이 맞지!"라며 무릎을 딱 칠만한 빌미들을 계속 제공해 줬죠. "검정고시도 4년이나 걸린 놈이 공무원 시험을 본다고?" 너무 화가 났습니다. 하지만 전 그들의 말이 옳다는 것을 스스로 증명해주고 말았습니다. 학원을 등록한 지 6개월, 저는 책을 전부 찢어서 폐박스 함에 넣어 버렸습니다. 그리고 또 방으로 들어가 숨었죠. 비가 온 뒤 땅이 단단해진다고 하지만 소심한 도전 뒤에 따라오는 실패의 후유증은 그 꼬리가 꽤 길었습니다.

외로웠습니다. 어느덧 돌아보니 주변에 아무도 남지 않

왔더군요. 일전에 몇 번 아르바이트를 한 적이 있습니다. 물론 오래 하진 못했습니다. 그 안에서 새로운 대인관계도 생성되었지만 그 관계도 오래가진 못했습니다. 저의 고립되었던 결핍의 덩어리가 관계에 투사된 건지 깊은 관계까지 이어지진 못했습니다.

"오늘은 약속이 있네. 다음에 보자."

간혹 저녁 약속을 잡으려고 메시지를 보내면 열에 아홉은 이미 선약이 있다며 다음을 기약했습니다. 그리고 그런 경우가 잦아지니 저도 더 이상 먼저 식사 요청을 건네기가 무서워졌습니다. 궁금했어요. 만약 상대방이 저를 조심스럽게 대해 주고 배려해 주는 느낌을 받았을 때 그 행동의 의미가 '나는 당신에 대해 알고 싶고 서로 좀 더 깊게 소통하고 싶다.' 인지 아니면 그 반대로, '나는 당신의 편안함을 위협하지 않을 것이니 당신도 이 이상은 침범하지 말아 주세요.' 인지 알아차릴 방법을 배우고 싶었습니다. 더는 상처받지 않게요. 그리고 이 질문에 대한 답을 한참 후에나 깨달았습니다. 관계의 단절은 저의 대인관계의 기술에 문제가 있어서가 아니라 제

가 놓여있는 상황, 그리고 저라는 사람이 보여준 모든 결과

물에 있다는 것을요.

아버지의 고장 난 미싱기

고장 난 미싱기 한 대가 집 한쪽 구석에 놓였습니다.
집도 좁은데 쓰지도 않는 미싱기를 집안으로 들였다고 엄마
는 성화를 내셨습니다. 십 년은 족히 넘었을 것 같은 미싱기
는 곳곳에 상처가 난 것처럼 페인트가 벗겨져 있었고 드러낸
속살에는 녹이 슬어있었습니다.

"이게 얼마짜린 줄 알아."

저도 그 미싱기가 기억납니다. 아버지는 십 년 가까이 직

장생활을 하다가 산업단지에 공장을 내셨습니다. 형과 저도 아버지의 사업장 정리를 돕기 위해서 몇 번 공장을 들렀던 적이 있습니다. 열두 대 정도의 새 미싱기가 오와 열을 맞춰 가지런히 나열돼 있었어요. 그리고 한쪽 구석에서 아버지는 깨지기 쉬운 청자를 다루듯 새 미싱기를 닦고 또 닦으셨습니다.

정리가 어느 정도 끝나자 아버지는 돗자리를 펴고 몇 가지의 과일과 떡을 놓았습니다. 아버지가 먼저 절을 올렸고 우린 일렬로 선 뒤 눈을 감고 마음을 모았습니다. 조상께 제사를 지내고 원단 공장의 발이 되어줄 새 봉고차 바퀴 주변으로 막걸리를 빙 둘러 부었습니다.

그렇게 십 년, 정말 오랫동안 고생한 끝에 공장은 결실을 맺는 듯했습니다. 처음으로 우리 집이 생겼고 직원 수도 늘었습니다. 땀 흘려 오른 오르막길 너머에는 평평한 평지가 있을 줄 알았는데, 애석하게도 다시 내리막길이 시작되는 봉우리가 높게 솟아있었어요. 큰 산업단지에 자리했던 공장이 지금은 동네 골목길에 위치한 작은 상가의 지하로 옮겨졌습니다. 번쩍이던 새 미싱기도 어느덧 몸통의 색이 바래진 채 그 수가 여섯대로 줄었네요. 고장 난 미싱기를 버리지 못하고 아까워하시는 아버지의 마음에 콧등이 시려집니다.

"내일부터 공장에 나와서 짐이라도 날라."

제 나이 서른이 되었습니다. 서른이면 손주까지 안겨줄 나이인데, 골방에 누워있는 아들을 보는 아버지의 얼굴에도 짙은 그림자가 드리웠습니다. 어느덧 아버지보다 더 커져버린 몸뚱이. 그런 제가 러닝만 입고 집안을 서성이는 걸 보고 있노라니 속이 뭉그러진다고 하셨죠.

십 년 만에 찾은 공장은 처음 봤던 모습과 많이 달라져 있었습니다. 지하에서 풍기는 특유의 습한 냄새, 20평 남짓한 공간에는 미싱기 몇 대와 재단 틀, 그리고 돌돌 말린 원단 수십 개가 피라미드 모양으로 겹겹이 쌓여있습니다. 저의 첫 임무는 원단을 둘러메고 1층으로 올라가 봉고차에 싣는 것이었습니다. 허리를 굽혀 원단을 들쳐 어깨에 올려놓는 순간 엿가락 휘듯 몸이 휘청였습니다. 환갑이 다 되신 아버지가 이리 무거운 원단 두 개를 양쪽 어깨에 둘러메는 모습을 보고 속이 상해 저도 모르게 짜증을 부렸습니다.

"뭘 그렇게 두 개씩 들고 그래. 그러니까 맨날 허리 아프다 그러지."

"그걸 그렇게 잘 아는 애가 누워서 아까운 청춘을 다 보내고 있냐? 그럼 나와서 아버지 일도 좀 돕고 그러지."

제가 우울증 약을 먹고 방에서 한 걸음도 나오지 않을 때 아버지는 쓴소리를 한 번도 하지 않으셨습니다. 그래도 이렇게 한 번씩 공장일을 도와드리는 게 내심 좋으셨는지 아버지는 제 등짝을 치며 호탕하게 말씀하셨습니다.

"이제 너도 사람답게 살아봐야지. 나와서 일 좀 배우고 그래."

아버지와 이렇게 오래 대화를 나눈 것은 처음이었습니다. 원단을 다 나르고 가득 찬 봉고차를 보니 왠지 모르게 뿌듯함이 느껴지더라고요. 그동안 내리고 올라타는 것을 얼마나 반복했는지 봉고차의 좌석 시트 가죽이 다 벗겨져 있었어요. 아버지의 일상은 얼마나 치열했을까요. 다시 고개를 드는 죄책감을 정면으로 응시한 채로, 옷에 묻은 원단 가루를 털어내고 봉고차를 집 주차장으로 몰고 들어갔습니다.

땀을 흘리니 자연스럽게 화장실로 향하게 되더라고요. 쏴-하고 샤워기에서 쏟아지는 물에 머리를 대니 아무 소리도 들리지 않았습니다. 눈을 감고 과거의 후회됐던 일들을 떠올렸습니다. 비 오던 날에 뒤돌아보았던 학교 정문의 모습, 요동치던 제 마음과는 달리 고요했던 창문 밖 새벽의 풍경, 비누 거품 씻겨 내려가듯 이 기억들도 모두 씻겨 내려가면 얼마나 좋을까요. 예전엔 일주일이고 이 주일이고 몸에 물 한 방울도 묻히지 않았던 적이 많았습니다. 차거나 뜨거운 무언가가 몸에 닿는 것조차 침해받는 느낌이었으니까요. 왜 그리도 불편해했는지 모르겠어요. 방에 수북하던 쓰레기를 치우고 몸에 달라붙은 묶은 때를 물로 씻어내리는 이 평범한 행위가 제 인생을 바꿔줄 씨앗이 되어줄지 누가 알았을까요. 참 길었습니다. 이 두 가지 행위를 하는 데 무려 십삼 년이나 걸렸으니까요.

그다음 날, 새벽 5시에 일어났습니다. 밤낮이 바뀐 채 십수 년을 살면서 새벽 5시에 잠든 적은 많았지만 그 시간에 일어난 것은 처음이었습니다. 처음 하는 일이 많아졌네요. 새벽에 일어난 것도, 방 정리와 몸 씻기를 시작한 것도, 아버지와 이렇게 오래 대화를 해본 것도. 모두 제겐 처음 일어난 일이었습니다. 그러면서 아주 조금씩, 정말 아주 조금씩 제 몸은 끝이 없을 것만 같던 터널의 출구를 향해 몸을 틀고 있었습니다.

봉고차에 원단을 가득 싣고 전라북도 익산에 있는 물류창고로 향했습니다. 창문을 반쯤 내리자 밤새 케케묵은 매연과 먼지가 중력에 의해 바닥으로 가라앉았는지 상쾌한 공기가 콧속으로 들어왔습니다. 이렇게 이른 시간에도 도로엔 각자의 생계를 짊어진 많은 차가 내달리고 있더라고요. 저도 그들과 함께 제 나름의 역할을 하고 있다는 생각에 뿌듯함도 느꼈습니다.

예상했던 시간보다 일찍 물류창고에 도착했습니다. 아직 달이 하늘에 걸려있는 데도 많은 사람이 일사불란하게 움직이고 있었습니다. 그중에 '반장'이라고 불리는 나이 지긋한 어르신이 회색 봉고차에서 내리는 저를 보고 말했습니다.

"경기도 김 사장 댁네서 오셨어? 아이고 젊은 사람이 새벽부터 열심히 하네."

순간 묘한 기분이 들었습니다. 인사치레라 하더라도 '열심히 산다.'라는 말을 단 한 번이라도 들었던 기억이 없거든요. 전 그분이 건넨 '인정'을 놓치고 싶지 않았습니다. 열심히 산다는 말 앞에 당당하고 싶었습니다. 박스를 나르고 주변을 정리했습니다. 먼저 얘기하기 전에 움직였고 물품의 수량을 두 번 세 번 꼼꼼히 체크 했습니다. 출발하기 직전엔 편의점에 들러 캔 커피를 사 직원들에게 나눠주기도 했습니다. 질책과 분노 앞에서 움직이지 않던 제 다리가 인정의 말 한마디에 움직이게 되었네요.

원단의 검수를 마치고 다시 봉고차에 올라 고가대로 옆으로 운전대를 돌렸습니다. 어느새 해가 구름에 걸려 일렁이고 있었죠. 고속도로엔 새벽보다 훨씬 더 많은 차가 빼곡히

서행하고 있었습니다. 땀도 나고 원단을 내리느라 몸도 뻐근했어요. 그런데요. 신기하게도 기분이 참 좋더라고요. '내가 무언가를 할 수 있을까?'에서 '나도 무언가를 할 수 있구나!'라는 생각으로 고개를 빼꼼 돌린 것 같았습니다.

퇴근 후에는 책방에 들러 물품 유통에 관련된 책도 샀어요. 그리고 인터넷에 접속해 대학교 홈페이지를 이리저리 클릭해 보았습니다. 짝사랑을 고백하지 못하고 빈 종이에 두서없이 끄적이는 것처럼요. 대학교의 공지 사항도 눌러보고 저와는 상관도 없는 학사 일정도 둘러보았어요. 너무 오랫동안 미뤄놨던 배움을 다시 시작하고 싶었습니다. 교실에 앉아 수업을 들었던 열여섯 살의 제 모습을 떠올리면서요.

그때 제 나이 서른,

혹시 너무 늦은 건 아니겠지요?

나를 일으킨 건 죄책감과 후회였다

어질러진 화장대 위에 펼쳐진 성경책을 덮고 엄마는 잠시 눈을 감으셨습니다. 하루도 거르지 않고 새벽같이 일어나 묵주를 잡는 우리 어머니. 어쩌면 엄마가 잡은 건 묵주가 아니라 삶을 향한 투쟁심이었을지도 모르겠습니다. 기도할 때 엄마의 뺨에 흐르는 눈물 한줄기가 삶에 대한 절실함을 느끼게 했으니까요. 기도를 마치신 엄마는 젖은 머리를 대충 털어 말리며 립스틱을 발랐습니다. 출근 전, 계약이 예정된 보험가입서를 다시 한번 살펴보신 엄마는 형을 보며 말했습니다.

"동생 손 꼭 잡고 다녀. 저번 같은 일 또 생기면 혼날 줄 알아."

당시 제 나이와 같은 서른한 살의 엄마는 파출부, 미싱 시다, 보험영업사원 등 생계에 보탬이 될 만한 일들을 찾아 나서셨습니다. 정장을 입기 전 항상 착용하던 허리 복대는 엄마의 전투복 같았어요. 퇴근 후 허리에 부항을 뜨며 얼굴을 찡그리시던 장면은 마치 액자에 보존된 사진처럼 제 기억에 남아있습니다.

엄마가 일을 나가시면 형이 저를 돌봤습니다. 저는 유치원에 다닐 때도 자주 선로를 이탈했습니다. 형이 무서운 표정으로 "그 자리에 가만히 있어!"라고 해도 말을 듣지 않았다고 해요. 형과 저는 두 살 터울입니다. 하루는 형이 저를 돌보다가 순간 저에게 둔 시선을 놓쳤다고 합니다. 일을 하다 뛰쳐나오신 엄마와 아버지가 넋이 나간 채로 저를 찾다가 파출소에 들렀는데, 제가 천진난만한 표정으로 경찰관이 건네준 귤을 까먹고 있었다고 해요. 당시의 자세한 장면들은 잘 기억나질 않지만, 그날 저녁 형이 엄마에게 무진장 혼났던 기억이 선명합니다.

가난한 가정환경 때문에 학교를 다니지 못한 것은 엄마의 한으로 남아있습니다. 초등과정부터 틈틈이 검정고시 학원에 다니셨고 보험영업에 필요한 운전을 배우기 위해 운전연수도 받으셨죠. 성당 일도 도맡아서 하셨습니다. 어떨 땐 아버지보다 훨씬 더 힘이 센 게 아닌가 생각한 적도 있었어요. 가구를 끄는 일이나 쌀 포대 같은 걸 들어 나를 때를 보면 거침이 없으셨죠. 서너 시간만 주무셔도 다음 날 쌩쌩한 것처럼 보였어요.

하지만 엄마는 힘이 셌던 것이 아니라 마른 수건에 물기를 빼내듯 온몸을 쥐어짜 냈던 것이었습니다. 아버지의 공장에 들어간 돈은, 엄마가 하루 24시간씩 한평생을 일해도 갚을 수 없을 만큼의 금액이었으니까요.

"빚 있는 월 천보다 빚 없는 월 삼백이 더 낫다!"

엄마는 형과 저를 보며 말했습니다. 빚에 허덕이며 사는 것이 얼마나 숨이 막히는지에 대해서 귀에 딱지가 생길 정도로 이야기하셨어요. 제가 중학생 때부터 시작된 이야기. 부모님의 수십 년 묵은 한을 어린 저에게 쏟아내는 것이 너무 버거운 적도 많았습니다. 우리 집이 왜 이 모양인지에 대한 서사는 십 년이 지나도, 이십 년이 지나도, 삼십 년이 지난 지금까지도 끝나지 않았습니다. 배설되는 감정의 찌꺼기들은 온전히 제 정서에 묻어 저를 괴롭혔습니다.

거래처에 결제 대금을 주지 못해서 집으로 걸려 오는 독촉 전화는 모두 엄마가 받았습니다. 이런 전화가 온 날이면 전 방문을 걸어 잠갔습니다. 저녁이 되면 어김없이 주방에서 고성이 오갔기 때문이죠. 이와 같은 날이 반복되다 보니 평범한 일상에서 TV를 보다가도 전화벨이 울리면 심장이 덜컹 내려앉았습니다. 게다가 남편을 대신해 사죄해야 하는 엄마의 십자가는 비단 아버지의 사업난뿐만이 아니었습니다. 현관문 바로 옆방, 십삼 년째 우울증에 걸려있는 아들이 엄마의 한쪽 어깨에 눌러앉아 살아 숨 쉬고 있었죠. 제가 방에 누운 채로 보이지 않고 만져지지 않는 것들에 괴로워하고 있을 동안에 아버지와 엄마는 가족의 생존과 관련된 실존하는 무게를 견디고 있었습니다.

아버지의 휴대전화 역시 한시도 쉬지 않고 울렸습니다. 거래처는 결제 대금을 독촉했고 은행에서는 더 이상 이자가 밀리면 압류를 진행한다고 했습니다. 전화 너머 고성이 들리면 아버지는 전화를 붙잡고 연신 고개를 숙이셨습니다. 결국 아버지는 집을 담보 잡아 몇 차례에 걸쳐 돈을 빌릴 수밖에 없었고 그때부터 엄마의 마음에도 큰 병이 들어서게 된 것이죠.

저는 자책했습니다. 십수 년간 저는 도망자였고 방관자였습니다. 피붙이라는 신분적 위치를 이용해 부모님의 노동의 대가를 착취하고 있다고 해도 틀린 말은 아니었을 겁니다. 엄마는 제가 자리를 털고 일어나 무언가를 한다는 것 자체는 좋아하셨지만 아버지의 공장에서 일하는 것을 그리

반기지는 않으셨습니다. 혹시라도 아버지가 제 명의로 대출을 받는다든가 공장의 빚이 제게 떠 넘어갈까 걱정하신 것이죠. 저도 아버지의 공장에서 일을 계속하는 것보단 다른 직장에 취업해야겠다고 생각했습니다. 언제까지고 이런 형식으로 일을 할 수도 없는 노릇이고 제 하루 일당도 결국 아버지의 지갑에서 나오는 것이니까요. 일단 급한 불이 사그라들 때까지 공장에 나와 돕다가 언젠가 직장을 잡아야겠다고 생각했어요.

아버지의 휴대폰은 마치 갓난아이가 밤잠을 설치듯 쉴 틈 없이 울어댔습니다. 아버지는 전화를 받기 전에는 짧게 한숨을 들이켰고, 전화를 끊으시고는 길게 한숨을 내쉬었습니다.

"내일까지 시간을 좀 주세요. 정말 죄송합니다. 사정이…"

물류창고에 물건을 내리다가 문득 아버지가 창고로 들어가시는 모습을 바라봤습니다. 기분 탓인지 모르겠지만 최근 들어 아버지의 키가 더 작아지신 것 같았어요. 어린 제 동생보다 더 왜소해 보이기도 했습니다. 한 번도 아버지의 모습을 관찰한 적이 없었는데, 함께 있는 시간이 많아지다 보니 아버지의 모습 역시 점점 제 시야에 오래 머물게 되었습니다.

아버지와 납품을 마치고 돌아오는 길에 우린 봉고차 안에서 많은 이야기를 나눴습니다. 아버지는 집에서 말수가 많지 않았습니다. 공간이 주는 분위기 때문일까요. 봉고차 안 밀폐된 좌석에서 아버지는 그동안 자녀에게 감춰왔던 이야기를 꺼내셨습니다. 마치 뒷주머니에서 부치지 못한 오래된 엽서 한 장을 꺼내는 것처럼요. 제가 처음 걸음마를 뗐을 때의 이야기, 열이 많이 나서 마음 졸였던 이야기, 제가 입대했을 때 엄마와 아버지가 돌아오는 차 안에서 함께 눈물 흘렸던 이야기, 제가 학교를 그만두면서 방황하고 은둔했던 13년간 가슴이 시커멓게 타버렸을 테지만 아버지는 그와 관련된 이야기는 일절 하지 않으셨습니다. 아마 주눅 들고 의기소침해할까 봐 저를 배려한 것이겠지요.

이런저런 이야기를 나누다 보니 어느새 공장에 도착했습니다. 공장 바닥에는 실 뭉텅이들과 원단 가루들이 수북하게 쌓여있었죠. 빗자루를 들고 바닥을 깨끗이 정리했습니다. 하루종일 분주했던 공장에도 고요함이 찾아왔어요. 불을 끄고 공장을 쓱 한번 돌아본 다음 공장의 문을 잠갔습니다. 아버지가 공장 셔터를 내리고 바닥과 연결된 걸쇠에 자물쇠를 채우기 위해 쪼그려 앉으셨습니다.

　"머리 좀 털어. 머리에 원단 가루랑 다 묻었네."

　속이 상했습니다. 아버지의 머리를 털어드리다가 내려다보았는데 아버지의 앙상해진 등뼈 밑으로 엉덩이골이 훤히 드러나 있었어요. 하루종일 빨개진 얼굴로 사죄하고 허리를 부여잡으며 원단을 나르시던 우리 아버지.

　어렸을 때 가로등 밑에서 아버지를 기다리다가 작업복을 털면서 돌아오시는 모습이 보이면 전 환호성을 지르며 뛰어갔습니다. 그때 아버지는 저에게 정말 큰 사람이었습니다. 작업복을 입고 가방을 들고 있는 모습은 참 멋있어 보였죠.

목욕탕에서 등을 밀어주시던 아버지의 팔뚝은 어린 제 눈에는 큰 기둥 같았습니다. 그랬던 아버지가 행색에 개의치 않고 바닥에 쪼그려 앉아있는 모습을 보니 마음이 무너져 내렸습니다.

그날 이후로 전 당장 할 수 있는 것과 할 수 없는 것들을 정리하기 시작했습니다. 당장 할 수 있는 것은 부모님의 짐을 조금이라도 덜어드리는 것이었습니다. 제 한 몸에 들어가는 돈이라도 스스로 벌어야 한다는 생각이 제일 먼저 들었습니다. 더 이상 '내 인생은 너무 힘들어.'라는 생각에 빠져 있을 수만은 없었어요. 만약 제가 이불을 걷어차고 밖으로 나와 취업했다는 소식을 전한다면 부모님이 얼마나 좋아하실까요. 40만 킬로미터를 뛴 낡은 봉고차 안에서 운전대를 잡고 참 많이 울었습니다. 그렇게 주변에 무시당하고 가난에 허덕이면서도 서른이 될 때까지 누워만 있었던 자신을 원망하면서요. 눈물이 멈출 때까지 뺨도 때렸습니다. 머리를 쥐어뜯으면서 아무도 없는 허공에 소리를 지르기도 했지요.

남들이 뛸 때 누워있었고 가족들이 힘들 때 외면했습니다. 이제 해야 할 일들을 더 미뤄둘 수는 없습니다. 저는 다른 방법을 알거나 다른 길을 가고 싶어서 도전하지 않은 게 아니었습니다. 이미 늦었거나 해 봤자 안될 것이라고 생각했기 때문에 도전하지 않은 것이었죠.

전 미래의 휴식을 미리 가불 받았습니다. 그리고 그 이자는 눈덩이처럼 불어나 범람하듯 인생을 비집고 들어왔습니다. 언젠가 이 모든 빚을 청산하는 날, 엄마에겐 예쁜 구두 한 켤레를, 아버지에게 좋은 양복 한 벌을 사드려야겠다고 생각했습니다.

하나도 괜찮지 않다

괜찮지 않다.

서점 베스트셀러 코너에 있는 책을 읽다가 저도 모르게 이
말이 입 밖으로 새어 나왔습니다.

있는 모습 그대로도 괜찮다.

너무 애쓰지 않아도 괜찮다.

그래도 우리는 앞으로 나아가고 있으니까.

책에 나오는 위 구절을 보다가 저도 모르게 내뱉은 말입니다. 이 글귀는 현재에 지친 사람들의 마음을 다독이고 용기를 주는 문장이었지만 제 마음은 깊게 가라앉았습니다. 저에겐 해당되는 내용이 아니라는 생각이 들었기 때문입니다. 치열하게 살아온 사람들, 수만 시간을 들여 노력하고 자신을 희생하며 사회에 일조한 사람들, 저 글귀는 쉴 틈 없이 살아온 그런 사람들에게 주어진 보상이자 권리라는 생각이 들었거든요.

누군가 "이봐요. 정말 괜찮습니까? 정말 이대로도 괜찮은 거 맞습니까?"라고 묻는다면 목에 힘을 주고 외치고 싶었습니다.

"아니요! 전혀 괜찮지 않습니다. 전 변하고 싶습니다."

당장 일을 해야 했습니다. 하지만 이뤄놓은 것 없이 삼십 대가 되어버린 저를 세상이 어떻게 바라볼지 두려웠습니다. 이력서를 적어 보낸 백여 개의 기업에서는 연락이 오지 않았고 두세 곳에서 면접을 보러 오라 했지만 날카로운 질문들은 저를 바짝 움츠리게 했습니다.

학교는 왜 그만뒀으며, 대학은 왜 나오지 않았고, 서른이 될 때까지 일은 왜 하지 않았느냐는 질문들. 자격증이나 토익점수는 왜 없는지에 대한 해명만 잔뜩 늘어놓다가 집으로 돌아오기 일쑤였습니다. 지하철 플랫폼에 앉아서 빠르게 걸어가는 사람들을 바라봤습니다. 다들 어디를 향해 가길래 저렇게 바쁘게 움직이고 있을까요. 정장을 입고 테이크아웃 커피 한잔을 마시며 걸어가는 모습이 왜 이렇게 멋있어 보였던 건지 모르겠습니다.

하지만 두드리면 열릴 것이라고 누군가 말했던가요. 드디어 한 곳에서 연락이 왔습니다. 화훼단지 옆 골목에 위치한 작은 공장. 그곳은 건설 현장에서 쓰는 안전용품을 제작하고 설치해 주는 업체였습니다. 그동안 아르바이트를 하면서 참 많이 도망쳤어요. 하지만 이번만큼은 1년은 꼭 넘겨보리라는 각오로 작업복을 입고 공장으로 출근했습니다.

공장은 생각보다 넓었습니다. 녹슨 용접기 옆에 동그란

쇠 파이프 수백 개가 피라미드처럼 쌓여있었습니다. 철이나 쇠 따위가 바닥에 부딪혀 시끄러운 소리가 났습니다. 용접 헬멧을 쓴 공장장의 머리 옆으로 금색의 불빛이 사정없이 뿌려졌고 그 옆으로 큰 트럭이 수시로 드나들고 있었습니다. 그때 태국 청년 서너 명이 저를 보며 손을 좌우로 크게 흔들었습니다. 저를 이렇게까지 반겨주는 그들에게 잠깐 고마웠지만, 그 손짓은 저를 반겨주는 것이 아니라 큰 차가 들어오고 있으니 비켜서라는 신호의 손짓이었습니다. 쭈뼛대는 제 모습을 보며 자신을 과장이라고 소개한 남자가 제 손에 삽 하나를 건네주었습니다.

"반가워요. 일단 오늘은 간단한 작업만 하고 끝나고 이야기 나눠요."

삽을 건네받은 제 앞에는 자갈이 제 키만큼 쌓여있었습니다. 첫날은 자갈 더미를 삽으로 퍼 트럭 뒤에 담는 것이었습니다. 그늘 하나 없는 뙤약볕에 여덟 시간 동안 같은 행동을 반복하니 명치에서부터 신물이 올라오는 것 같았습니다. 자갈 더미 깊숙이 삽을 집어넣을 때마다 흙먼지가 속눈썹에 가득 달라붙을 정도로 흘날렸습니다. 하지만 이젠 절대로 뒤로 숨거나 포기하지 않기로 다짐했잖아요. 더 이상 도망칠 곳도, 뒤로 물러날 곳도 없었으니까요. 그 끔찍한 웅덩이로 다시 들어가는 건 죽기보다 싫었습니다. 소외당하고 무시당하고 사람 취급받지 못하는 그 기분을 다시 느낀다면 전 정말 미쳐버릴 것만 같았거든요.

일이 끝나면 여기저기 안 아픈 곳이 없었습니다. 허리도 아팠지만 철근을 나르고 못질을 하느라 하루종일 손목이 욱신거렸죠. 그래도 조금씩 일을 배워가는 재미도 있었습니다. 전동 드릴로 벽을 뚫고 줄자를 이용해 중심을 맞췄습니다. 그라인더로 철근을 잘라 틀을 만들어 페인트칠을 입혔습니다. 그때 제 목적은 일을 배우는 것이 아니었습니다. 아침에 일어나서 저녁에 씻고 잠드는 행위, 인간에게 필요한 기본적인 생활양식을 배워나가는 것이 목적이었어요. 그렇게 육 개월이 지나자 십 미터나 되는 큰 간판도 혼자 만들 수 있게 되었습니다. 여기저기 멍도 들고 튀어나온 철 조각에 손바닥이 긁혀 찢어진 적도 있었지만 태어나서 처음으로 무언가를 육 개월 이상 했다는 것에 뿌듯한 감정이 느껴졌습니다.

태국 국적의 청년들은 숙소에서 생활하며 일을 했습니다. 그들은 제가 태국의 한 남자가수와 닮았다며 웃으며 맞이해 줬습니다. 저도 어설프게 배운 태국 인사말을 건네며 고개를 숙였습니다. 가정을 부양하기 위해 홀몸으로 타국에 온 사람들. 그들이 짊어지고 가는 삶의 무게는 제 것과는 다른 차원의 것이었습니다. 최소한의 생활비를 제외한 모든 수입을 가족에게 송금하고도 생계를 위해 다시 치열하게 뛰어가는 그들을 보면서 삶을 살아가는 방법에 대해 배웠습니다. 저보다 나이도 어리고 키도 작았지만 부단히 살아나가는 그 모습을 보니 그들이 정말 커 보이더라고요.

며칠은 그 친구들과 함께 생활하기도 했습니다. 태국 요리 특유의 향신료 냄새에 어느덧 적응해 버렸죠. 한 명이 요리를 하는 동안 다른 한 명은 기타를 잡았습니다. 그들은 음악을 참 좋아했습니다. 수준급의 기타 반주에 제 어색한 랩을 집어넣으니 우스꽝스러운 합주곡이 탄생했죠. 그렇게 한참을 웃다가 기타를 내려놓은 남자는 안주머니에서 사진을 한 장 꺼내 저에게 내밀었습니다. 아내와 딸과 함께 찍은 사진이었어요. 참 예쁜 가족의 모습이었습니다. 그는 갑자기 소매를 걷어 올리고 자신의 알통을 보여주더니 "패밀리, 힘내야 돼요."라고 얘기했습니다. 가족을 부양하기 위한 그 남자의 사투가 마치 원단을 나르시던 아버지를 연상케 하기도 했고, 한편으로는 '나도 가정을 이룰 수 있을까?'라는 생각도 들게 했습니다.

다음날도 마찬가지로 우린 펜스를 만들고 자갈을 퍼 날랐습니다. 잠이 들 때까지 욱신거리던 제 손목도 이제는 자갈의 무게에 적응했나 봅니다. 제 나이 서른이지만 이제 막 세상에 발을 내디딘 사회초년생입니다. 어찌 보면 그리 대단하지 않은 하루지만 저에겐 모든 것이 의미 있게 다가왔습니다. 마치 문명과 떨어져 살던 사람이 대도시에 처음 발을 디딘 것처럼요.

그동안 참 비교도 많이 했습니다. 이십 대 때는 대학 캠퍼스 잔디를 밟고 있는 동창의 모습이 너무 부러웠습니다. 기업에 취업하고 사랑하는 사람을 만나 결혼식에 들어서는 모습도 부러웠습니다. 이뤄놓은 것 없이 방에만 누워있는 제 모습이 너무나도 초라했습니다. 건강 핑계를 대고 어릴 적 함께 뛰어놀았던 동창의 결혼식에 참석하지 않았던 적도 있습니다. 열등한 제 모습이 싫어서 숨고 도망쳤습니다. 탄광의 맨 끝부분을 막장이라고 부른다죠. 제 인생도 막장에 다다랐던 것입니다.

대학원 선배들이 저에게 묻습니다. 학교 밖 청소년에서, 은둔형 외톨이의 삶에서 변화를 결심하게 된 어떤 큰 계기가 있었냐고요. 드라마틱한 계기는 없습니다. 현재 상황이 너무 괴로웠지만 이 모든 걸 한 번에 뒤집을만한 대단한 능력이 제겐 없었거든요. 그저 십 년이 넘는 세월 동안 아주 조금씩 고개를 옆으로 돌려도 보고, 발을 앞으로 뻗어보기도 하고, 팔을 이리저리 휘저어보기도 한 것이죠.

인생을 살다 보면 참 아귀가 맞지 않을 때가 많습니다. 지금 이대로를 부정하고 싶을 때도 있고 애쓰지 않으면 아무것도 되지 않을 때도 있기 마련이죠. 저는 이 험난한 세상을 살기 위해서는 엄청난 포부와 계획이 있어야 하는 줄만 알았습니다. 하지만 이제는 엄청난 포부와 계획을 세우느라 너무 애쓰지 않아도 괜찮다는 말을 하고 싶습니다. 그저 현재, 당장에 할 수 있는 일을 찾아보는 건 어떨까요? 그것이 아르바이트든, 공부든, 쓰레기 치우는 일이든, 그 어떤 것도 상관없습니다. 길을 걸어야 길이 보이더라고요. 고개를 움직여야 주변도 보이고요. 멈춰 서서는 아무것도 보이질 않습니다. 머릿속에 대단한 계획과 포부를 가지고 있는 사람보다 현재를 부단히 살아내는 사람들이 훨씬 더 크고 위대하다는 걸, 저는 확실히 목격했습니다.

옳거나 틀린 길은 없습니다. 우리가 가는 길은 구부정하고 돌고 돌아가는 길이지만, 우리가 선택한 그 길을 올바른 길로 다듬고 만들면 될 일입니다.

서른하나, 너무 늦었다고 생각한 그때

    하늘에 구멍이 뚫린 것처럼 비가 쏟아져 내린 다음 날, 저와 동료들은 어김없이 공사 현장을 찾았습니다. 1톤 트럭에 실어놓은 전동 드릴과 망치, 공장에서 미리 용접한 펜스를 현장에 내려놓고 시공 전 안전교육을 받았습니다. 안전모와 안전화, 발목 각반은 잘 착용했는지를 체크하고 신도시 아파트 단지 현장에 발을 디뎠습니다. 전날 비가 많이 내린 터라 현장의 모랫바닥이 꾸덕꾸덕해져 움직이기가 영 불편했습니다.

우리 팀은 다양한 곳에 시공을 나갔습니다. 아파트, 공공 기관, 학교, 공항 등등의 안전시설이 필요한 곳이면 어디든 지 트럭을 몰고 갔습니다. 10km의 공항 도로에 안전 표지 판을 50m 간격으로 100개를 설치하는 작업을 한 달 동안 진 행한 적도 있었습니다. 군대에서 경험한 지옥 행군이 제 임 계점이라 생각했는데, 그날 이후 제 임계점은 산에서 공항 으로 바뀌게 되었습니다. 그만큼 극한의 체력이 요구되는 일이었죠.

한 번은 대학교에 학생 체육센터를 리모델링하는 현장에 가본 적이 있습니다. 일을 한 지 1년 정도 되다 보니 현장에 조금씩 스며들었습니다. 처음엔 작업복도 어색했고 일사불 란하게 움직이는 인부들과 달리 저는 우왕좌왕하며 서툰 모 습으로 서 있었거든요. 이제는 드릴질과 못을 박는 일도 어 느 정도 자연스러워졌습니다. 헐렁이던 안전모가 눈 앞을 가려 어리바리 뛰어다니던 모습을 어느 정도 벗어낸 것이 죠. 같이 고생하고 땀 흘리며 일하는 사람들과도 꽤 정이 붙어서 이런저런 살아가는 이야기도 하게 됐습니다.

샤워를 마친 우리는 야외 작업장 한쪽 바닥에 신문지를 여러 장 깔았습니다. 철판 위에 올라간 삼겹살이 노릇한 색을 띠었습니다. 종이컵에 든 소주는 미지근했지만 바깥 공기가 섞여서인지 퍽 달게 느껴졌어요.

"올해 나이가 몇이랬지?"

제 나이 서른하나가 됐다는 말에 그들은 일제히 결혼에 관한 주제를 꺼냈습니다. "결혼은 빨리해야 된다.", "아니다. 결혼은 최대한 천천히 해야 한다." 의견이 갈렸습니다. 그들은 자신들의 경험을 토대로 결혼 시기에 대한 적정선에 대해 갑론을박을 펼쳤습니다. 하지만 이제 처음으로 사회에 발을 내디딘 저에게 결혼은 다른 세상 사람들의 일이라고 생각했습니다.

버스를 타고 창문에 기대 지나가는 풍경들을 한없이 바라본 적이 있습니다. 스쳐 지나가는 무수한 차들과 건물들. 저 수많은 차와 집들이 모두 주인이 있다는 것이 신기하게 느껴졌습니다. '언젠간 내 명의로 된 무언가를 소유할 수 있을까?'라는 생각도 들더군요. 수 억대를 호가하는 아파트와 주택을 살 엄두는 해보지 않았습니다. 결혼이라는 것도 마찬가지고요. 아마 저뿐만 아니라 상당수의 결혼 적령기에 접어든 사람들이 결혼과 아파트 시세를 동시에 떠올릴 것입니다. 유아기에서부터 청소년기를 거치는 성장 과정에서 경제적인 문제가 삶에 얼마나 많은 관여를 하는지 학습해 온 덕분이겠지요.

어린 시절에 몇 번의 스쳐 지나가는 인연도 있었습니다. 하지만 사랑은 하트모양처럼 아름답지 않았고 감정 간의 교류에는 그에 따른 책임이 따라왔습니다. 하지만 저에겐 그 감정을 책임질 정서적 에너지도 현실적인 능력도 없었습니다.

타인과 비교도 참 많이 했습니다. 정확히는 비교도 많이 당했죠. 비교는 일방적이지 않고 양방향에서 일어났습니다. 비교당하지 않기 위해 열등감을 숨겼고, 비교하며 자책하지 않기 위해 피해의식을 감췄습니다.

친구가 수도권에 있는 대학에 합격했을 때, 친척 동생이 누구나 알만한 기업에 취업했을 때, 엄마 친구분의 아들이 결혼했을 때, 신혼집을 매매하고 집들이에 초대받거나 돌잔치에 참석했을 때, 그때마다 저는 바짝 움츠렸습니다. 주변 사람들의 경사에 고통받는 위치에 있는다는 건 참 괴로운 일입니다.

다음날도 그 대학을 찾았습니다. 작업이 어느 정도 끝나고 해가 뉘엿해지면서 세상을 황금빛으로 물들인 시각. 철근과 시멘트벽에 페인트칠만 하면 하루일과가 마무리되겠네요. 아직 페인트칠은 손에 익지 않았는지 머리카락과 작업복 곳곳에 페인트가 묻었습니다. 얼른 일을 마치고 따스한 물에 몸을 담그고 싶은 생각에 마음이 급해졌습니다. 어느새 하늘이 어둑해지고 학생들이 학교 건물에서 쏟아져 나왔습니다. 그때 제 옆을 지나가던 학생들에게 자꾸 눈이 가더라고요. 전공 책을 옆에 끼고, 학과 잠바를 입고, 캠퍼스 잔디 옆을 지나가던 학생들. 누군가는 벤치에 앉아서 도시락을 먹고 있었고 또 누군가는 도서관을 향해 걸어가고 있었습니다.

전 페인트칠을 멈추고 그들의 모습을 한참 동안 바라봤습니다.

나도 다시 한번, 공부해보고 싶다.

이것도 비교하는 제 고질적인 습성이 튀어나온 걸까요? 학생들의 걸어가는 모습이 참 멋있어 보였습니다. 검정고시 학원 책상에 앉아본 것이 뒤돌아보니 벌써 10년도 넘었네요. 쉬는 날 서점에 가서 전문 서적 코너를 서성이며 책을 뒤적여보던 날들도 있었는데, 아마 제 마음 한편에 해결하지 못한 채 지나온 열망 하나가 고개를 내밀지 못하고 움츠리고 있었나 봅니다.

페인트 도구들을 트럭에 실어 날랐습니다. 저는 차에 올라타 한동안 시동을 걸지 못했어요. 지나간 날들을 떠올리다 보니 눈물이 뚝 하고 떨어졌습니다. 이미 늦었다는 생각이 불쑥 올라오더라고요. 왜 늦었다는 생각이 들었을까요. 아마 주변과 비교해서 그런 것이겠지요. 심지어 서른한 살의 나이에 무언가를 도전한다는 것이 애처롭고 처절해 보인다는 어리석은 생각도 가슴속에 스며듭니다. 우아하게 길을 걷고 싶다는 생각이 있었던 것일까요. 발버둥 치며 숨을 헐떡이며 뛰어가는 모습을 보이기 싫어서였을까요.

그런데 문득 그런 생각이 들더라고요. '어차피 인생 바닥을 쳤다. 남들보다 10년을 늦든, 20년을 늦든 무슨 상관인가. 삶을 포기하려던 놈이 남들보다 늦는다는 걸 뭘 그리도 두려워하나.'라는 생각이요. 비교를 멈추진 않았습니다. 하지만 이제는 남들의 삶과 비교하는 것이 아닌, 저의 과거와 비교하기로 했죠. 모든 걸 포기한 채 방에 누워있던 과거에 비하면 지금의 제 모습은 꽤 만족스러웠거든요.

전 다시 한번 책가방을 메고 수업을 듣는 제 모습을 머릿속에 그렸습니다. 그리고 방법을 찾아 나섰습니다. 살면서 쉽게 되는 일은 하나도 없었죠. 군대에 입대하려면 고등학교 졸업장이 필요했었고 고등학교 졸업장은 시험에 통과해야지 주어졌으니까요. 그래도 결국 다 해냈잖아요. 이번에도 분명 길이 있을 거라 믿었습니다.

그러고 보면 저는 '보이지 않는 것'에 참 많이 매달렸던 거 같습니다. 저를 괴롭혔던 것은 눈에 보이지 않는 '불안'이었고, 결국 다시 저를 일으켜 세운 것도 만져지지 않는 마음속 '믿음'이었으니까요.

바로 지금입니다

　　마음 깊숙한 곳에 가시가 박힌 것처럼 따끔거리던 상처가 하나 있습니다. 저로 인해 가족들이 흘린 눈물이 제 마음에 흉터처럼 남아있습니다. 십 년이 넘는 세월 동안 방황했던 제 모습을 보는 가족들의 가슴에도 진한 칼자국이 새겨졌습니다.

　　"아버지와 엄마는 이제 바라는 거 없어. 우리 아들이 그 시커먼 방에서 불 켜고 나와서 성실하게 살아가는 모습을 보고 싶었던 거야. 돈이나 능력이 중요하다는 말이 아니야. 다시 그때로 돌아가지만 않는다면, 우린 더 바랄 것이 없어."

엄마의 눈물과 아버지의 땀이 모두 제 마음 한편에 고스란히 고여 있습니다. 포기하고 싶을 때마다 꺼내 보려고 부모님의 이 말씀을 마음속에 고이 간직해 두었습니다.

"부모님께서 정말 좋아하셨겠어요."

상담사는 은둔을 끝내고 세상으로 나온 것이 마치 지금 벌어진 일인 것처럼 좋아해 주었습니다. 마음의 포옹이 있다면 이런 장면이 아닐까요. 괜찮다고. 다행이라고. 위축돼있는 저의 과거를 꼭 안아주는 거 같았습니다.

"만약 현재의 선생님이 과거로 돌아간다면 무엇을 바꾸고 싶으세요?"

상담사가 물었습니다. 후회의 눈물이 아직도 제 가슴에 고여있다는 저의 진술이 그녀의 질문을 이끈 걸까요. 만약 지금 당장 타임머신을 탈 수 있다면 무엇을 바꾸고 싶냐는 그녀의 물음에 제가 대답했습니다.

"과거로 돌아간다고 생각하면… 너무 끔찍해서 상상도 하기 싫네요."

10년 전으로 돌아간다면, 그때로 다시 돌아간다면 무엇을 바꿀 수 있을까요? 어떤 사람들은 자신의 인생을 되돌리고 싶어 합니다. 저도 잠시 과거로 돌아간다는 생각을 해봤습니다. 무엇을 바꿀 수 있다는 생각은 들지 않았습니다. 그저 이 모든 걸 다시 겪을 수도 있다는 생각에 순간 몸서리가 쳐졌습니다.

"제가 과거로 다시 돌아간다고 해도 그저 끊임없이 몸부림치며 살았을 거 같습니다. 공사장에서 일하면서 제가 할 수 있는 것은 다 했어요. 그때로 다시 돌아간다고 하더라도, 더 나은 선택지는 생각나지 않아요."

그때의 선택은 '약점을 향한 직면'이었습니다. 저의 가장 약한 부분, 시간이 지나도 아물지 않은 상처. 그것은 바로 공부에 대한 한恨 이었습니다.

우선 일을 하면서 대학에 다닐 수 있는 방법을 찾아 나섰습니다. 퇴근 후에는 노트북 앞에 앉는 것이 자연스러운 일상이 돼버렸죠. 일을 마치고 갈 수 있는 모든 대학의 리스트를 메모했습니다. 틈이 날 때마다 입학처에 전화를 걸고 메일을 보냈습니다. 방에 누워 대학교 홈페이지도 새벽까지 둘러보았죠. 그러자 그리 어렵지 않게 직장인들을 위한 야간 수업이 개설된다는 정보를 얻을 수 있었습니다. 일과 대학 중에 무엇을 선택해야 하나라는 고민을 꽤 오래 하고 있었거든요. 다시 한번 생각이 많아질수록 늘어나는 건 걱정과 불안뿐이라는 걸 깨닫는 순간이었습니다. 일과 대학을 동시에 진행할 수 있었는데 뭔 쓸데없는 생각만 그렇게 오래 품고 있었는지 허무한 생각마저 들더라고요. 망설임 없이 입학원서를 적어 내려갔습니다. 최종학력에 '중학교 졸업', '검정고시 졸업'을 적어 넣는 것을 늘 망설이던 저였지만, 그간 보낸 이력서만 수백 통이 넘다 보니 내성이 생겨났습니다. 거절에도 익숙해졌고요.

"안녕하세요. 혹시 서른 넘은 사람도 신입생으로 지원 가능한가요? 그리고… 제가 사실 자퇴하고 검정고시로 졸업했는데, 저 같은 사람도 지원해도 될까요?"

거절에 익숙해졌다는 허세와는 달리 메일 본문에는 그동안의 경험이 반영된 소심함이 여실히 드러나 있었지요.

다행히 한 대학 행정실에서 답장이 왔습니다. 검정고시는 대한민국 고등교육법에서 인정하는 제도이고 대학 입학에 지원할 수 있다고 말이죠. 나이도 전혀 상관없다고 했습니다. 칠십에 가까운 어르신도 얼마 전 졸업 했다고 하면서요. 그 답장에 쓰여있는 내용을 두 번 세 번 읽고 또 읽다 보니 제가 품었던 생각들이 부끄러워졌습니다. 서른한 살이 뭐가 늦었다고 그리 마음을 옹졸이고 있었을까요. 아마 그 어르신이 제 마음을 아셨다면 "한창 젊은 사람이!"라면서 등짝을 한 대 치셨을 거 같다는 생각도 들었습니다.

원서를 넣고는 최대한 기대를 하지 않으려고 했습니다. 실망이 클까 봐요. 하지만 가방을 메고 캠퍼스를 지나 강의실에 앉아있는 제 모습을 상상만 해도 기분이 설레더라고요. 상상은 점점 깊어지더니 어느새 졸업식에서 학사모를 부모님께 씌워드리고 사진을 찍는 모습까지 이어졌습니다. 그동안 수십 번의 채용 면접 때 이놈의 학력 때문에 얼마나 마음 아파했습니까. 알게 모르게 상처도 많이 입었잖아요. 그 굴레를 끊어내고 싶은 갈망에 결국 '기대는 하지 않겠다.' 라는 다짐은 지키지 못했습니다. 발표 일자가 아직 한참이나 남았는데도 홈페이지에 들어가서 제 원서번호를 검색하고 혼자 마음을 졸였습니다.

기대가 크면 물론 실망도 크겠지요. 하지만 실망할까 봐 설레는 마음을 억누르고 산다면 그것 또한 실망스러운 삶일 것입니다.

기다리던 대학 입학자 발표날, 하필 그날은 기다란 철근 수십 개를 높은 곳에 옮기는 작업을 진행 중이었습니다. 네 명이 10m나 되는 펜스와 현수막을 옮겨야 했기 때문에 휴대폰을 확인할 수 없었어요. 마음이 초조해져 갔습니다. 그러다 누군가 "딱 10분만 쉬다 다시 모이세요."라고 했고, 그

소리를 듣자마자 목장갑을 벗어 던지고 휴대폰을 확인했습
니다.

'입학을 축하합니다.'

순간 소리를 질렀습니다. 제일 먼저 가족들의 얼굴이 떠
올랐습니다. 타임머신이 나오는 영화에서처럼 다시 과거로
돌아가 잘못 끼운 단추를 바로 맞춰 끼운 듯한 기분이었어
요. 내가 대학생이라니. 빨리 집에 가서 이 소식을 가족들에
게 알리고 싶은 마음뿐이었습니다.

물론 대학이 모든 걸 해결해주지 않는다는 것을 저도 잘
알고 있습니다. 대학 수준의 지식을 가지고 있는 인재들은
넘쳐나고 학사학위가 취업을 보장해 주는 시대도 끝났다는
것을 알고 있습니다. 낮에 몸을 쓰는 노동을 하고 밤엔 수업
을 들으러 가는 것이 쉽지 않다는 것도 알고 있었고요. 그런
데 왜 그렇게 대학에 목을 맸냐면요. 저에게 대학 입학이라

는 것은 취업이나 성공의 루트가 아니었습니다. 바쁘게 살면서 어떠한 것에 몰두한다는 것은 더 이상 무력감에 빠지지 않게 할 강력한 안전장치였고 부정적이고 나태한 과거와의 싸움에서 이겼다는 증표이기도 했으니까요.

모든 것에는 다 때가 있다고 이야기합니다. 저마다의 적절한 순간이 있다는 것에 동의합니다. 그러나 물에 사는 물고기와 육지를 걷는 노루의 생애가 같을까요? 새는 부리를 이용해 먹이를 먹고 육식동물은 강력한 턱과 이빨을 사용해 먹이를 먹습니다. 뱀은 기어서 가고 토끼는 뛰어서 가며 독수리는 날아서 갑니다. 가는 방법과 속도가 다를 뿐 결국엔 우리는 모두 목표지점에서 만나게 될 것입니다.

다 때가 있다고요?
그렇다면 저의 때는 바로 '지금'입니다.

꼴통, 대학가다

평소 집으로 향하는 대로변 옆길로 핸들을 돌렸습니다.

뙤약볕 밑에서 흘린 땀이 목 주변에 홍건했지만 샤워할
틈도 없이 퇴근을 서둘렀습니다. 개강 첫날부터 공사 작업
이 늦어지거나 지방 시공이 잡힐까 봐 마음 졸이며 입학식
을 기다렸습니다. 주말에는 동네 이발소에 들러 머리도 단
정히 다듬었습니다. 설레는 마음으로 봄꽃이 화사하게 핀
캠퍼스를 찾아가 본 적도 있었어요. 일곱 자리로 이루어진

숫자가 제 학번이라고 하더라고요. 괜히 삐져나오는 웃음을 참으며 몇 번이나 들여다본 학생증을 지갑 안쪽에 고이 집어넣었습니다.

드디어 첫 학기가 시작됐습니다. 다행히 겨우 늦지 않게 학교에 도착할 수 있었습니다. 저녁을 먹거나 샤워할 틈이 나질 않아 현장에서 곧바로 1톤 트럭을 몰고 대학교 정문을 통과했습니다. 먼저 화장실에 들러 얼굴에 묻은 페인트와 회색 시멘트 가루를 급하게 닦아냈습니다. 휴지로 대충 물기를 쓸어내고 옷에 묻은 흙먼지도 털어냈습니다. 복도 곳곳에는 신입생을 환영한다는 현수막과 여러 동아리의 설명이 적힌 안내문이 붙어있었습니다. 대학생이 된 것이 그제야 실감 났습니다. 고개를 이리저리 돌려 학교의 모습을 천천히 눈 안에 담고 강의실에 들어가 구석 창가 쪽에 자리를 잡았습니다.

강의실 창문 밖으로는 달이 떠 있었습니다. 바늘을 손가락으로 구부려 놓은 것 같은 달은 얇게 달빛을 내비치고 있었어요. 제가 도착하기 한참 전부터 하루일과를 끝마친 사람들이 강의실을 채우고 있었습니다.

"안녕하세요. 저는 공사장에서 일하고 있고 일을 한 지는 1년 조금 넘었습니다. 그리고 제가 대학에 온 이유는…"

취업이나 이직을 위해 대학에 입학한 건 아니었습니다. 특별한 계획 같은 건 없었습니다. 저를 십수 년간 괴롭혔던 과거와의 이별. 너무 오랫동안 주변을 맴돌았던 쓸쓸함, 그리고 제 마음속에 깊게 묻어놓은 한에 대한 반응이었던 것이죠.

"캠퍼스 잔디 꼭 한번 밟아보고 싶은 마음에 입학하게 되었습니다!"

캠퍼스 잔디를 밟고 싶어서 입학했다는 말에 사람들은 웃으며 박수를 쳐 주었습니다. 개강 첫날 무사히 자기소개를 마쳤습니다. 곧이어 다양한 연령대와 직업을 가진 사람들이 자신을 소개했습니다. 놀랐던 건 이곳에서 제 나이가 어린 편에 속한다는 것이었습니다. 다니는 직장 승진에 학사학위가 필요한 청년, 정년퇴직 이후 배움에 대한 목마름으로 입학을 선택한 남성, 다니던 회사를 그만두고 제2의 진로를 위해 입학을 결정한 중년의 여성, 그리고 생애 처음 삶을 들여다보기로 결정한 저까지. 달이 하늘에 걸려 세상을 은은하게 비추는 어느 저녁의 한가운데서, 우린 모두가 각자의 이야기를 써 내려가고 있었습니다.

"조금만 더 크게 이야기해 주세요."

개인 과제를 발표할 때 교수님께서 말씀하셨습니다. 강단 앞으로 나와 과제를 발표하는 제 목소리와 마이크를 잡은 손이 가늘게 떨렸습니다. 어릴 적엔 목소리도 꽤 컸습니다. 밴드팀을 할 땐 공연무대에 올라 수천 명의 대중 앞에서 마이크를 잡고 목소리를 높였던 적도 있었습니다. 하지만 스스로 짓눌렀던 그 오랜 시간이 저를 참 겁 많고 소심한 사람으로 만들었네요. 친구들과 새카맣게 탈 때까지 뛰어놀던 청소년기에 저는 외향적이고 즉흥적이었습니다. '역마살이 꼈다.'라는 말을 들을 정도였죠. 하지만 성인기 이후 저는 내성적이고 계획적인 성향으로 바뀌었습니다. 잃어버린 십수 년의 세월은 기질마저 손바닥 뒤집듯 뒤집어 버렸네요.

수업을 마치고 복도를 걸어오다가 벽에 붙어있는 포스터가 제 발길을 멈춰 세웠습니다.

'여러분의 마음속 한 줄을 기다리겠습니다'

표어 공모전 포스터였습니다. 대학교의 오랜 역사와 전통이 잘 드러나는 문장을 공모해 선발된 작품을 대학 홍보 문구로 사용한다는 것이었어요. 이미 홈페이지에 수백 개의 참가작이 올라왔더라고요. 잠들기 전 침대에 누워 여러 단어를 떠올렸습니다. 단어와 단어를 조합해 보고 마음에 드는 문장 몇 개를 포스트잇에 적어 침대 머리맡에 붙여 놓았습니다.

십 년 전 군 생활을 할 때도 표어 공모전에 입상해서 포상 휴가를 나갔던 적이 있었습니다. 글쓰기는 사실 작사와 많이 닮아있습니다. 어떤 단어를 선택할지, 발음했을 때 어감이 좋은 글자는 무엇인지, 어느 부분에서 맥락을 넘길지, 이번에도 이러한 요소들을 고려해서 포스트잇에 적어두었던 문장을 공모전 홈페이지에 제출했습니다. 실망하고 싶지 않았지만 기대하는 마음이 또 한 번 주책없이 튀어나왔습니다. 하지만 매일 같이 홈페이지 '새로고침' 단축키를 눌러보아도 제 표어가 입상했다는 알림은 울리지 않았습니다.

태국 친구들은 "오~아인슈타인~"이라며 연신 엄지를 치켜세웠습니다. 제가 대학에 다닌다는 걸 알고 그러는 것이죠. 그중 한 친구가 대학생은 몸에 좋은 음식을 먹어야 한다며 앞치마를 둘렀습니다. 수업이 없는 날은 기름진 태국 음식과 함께 술 한잔을 기울이기도 했습니다. 그들은 태국에 있는 가족들과 영상통화를 하다가 저를 바꿔주기도 했어요. 저는 어설픈 태국어로 인사를 건네고 괜히 쑥스러워 고개를 돌리기도 했습니다. 생김새도 다르고 사용하는 언어도 달랐지만, 어느새 우린 '삶'이라는 원형 안에서 공존하며 살아가고 있었습니다.

현장 시공이 없는 날은 태국 친구들과 공장에서 작업을 했습니다. 우린 쇠 파이프를 일정한 간격으로 자르고 자갈을 퍼 날랐습니다. 펜스의 망을 씌우고 페인트칠하면서 재고를 미리 비축해 두는 작업이었죠. 가끔은 망을 찢어먹거나 파이프를 잘못 잘라서 잔소리를 듣기도 했지만, 돈도 벌고 공부도 할 수 있다는 그 자체가 마냥 좋았던 것 같습니다. 다른 문화에서 다른 성장 과정을 경험한 태국 친구들과의 교류도 좋았어요. 익숙한 환경, 익숙한 사람들 속에서 제 마음은 평온해져 갔습니다. 마치 익숙한 동네에서 익숙한 사람들과 만남을 통해 엄마가 우울에서 벗어났던 것처럼요.

일이 끝나고 학교로 향하는 버스에 올라탔습니다. 빈자리에 앉아 창문에 머리를 잠깐 기댔는데 깜빡 잠이 들었습니다. 다행히 띠링-하고 울리는 메시지 알림 소리에 눈을 떴습니다. 하마터면 학교 정류장을 지나갈 뻔했죠. 전 늘어지게 하품을 한 뒤에 휴대폰을 들어 메시지를 확인했습니다.

[공지가 늦어서 죄송합니다. 제출하신 표어가 우수작으로 선정되었습니다. 화요일 오후 2시까지 총장실로 오시기 바랍니다.]

잠이 확 달아났습니다. 공모전의 존재를 까맣게 잊어버리고 있었던 것입니다. 살다 보니 학교라는 공간에서 이런 기분을 다 느껴보네요. 중학교 때까지만 해도 머리가 나쁘다고 뒤통수를 출석부로 참 많이 맞았었는데, 곰도 구르는 재주가 있다더니 제게는 글재주가 있었나 봅니다.

입상자들은 대학 총장님께 상장을 받고 함께 사진을 찍었습니다. 제 인생에서 상장이란 걸 받아본 적이 있었을까요. 초, 중학교 때 한 번도 받아보지 못한 상장을 삼십 대에다 받아보네요.

"여러분이 학창 시절에 암기 위주로 공부했다면, 대학에서는 자기 자신을 표현하고 탐구하는 것에 더 가치를 두어야 합니다. 여러분의 창작물 입상을 축하합니다."

짧은 축사였지만 학장님의 말씀을 들으니 기분이 묘했습니다. 살면서 저를 옭매여왔던 건 바로 학업이었습니다. 공부라는 것은 저의 최대약점이었죠. 이 모든 불행은 학교를 뛰쳐나왔을 때부터 시작되었다고 생각했을 정도로요. 반에서 매번 꼴등을 했고 방과 후엔 교실에 남아서 나머지 수업을 들었습니다. 집중이 잘되지 않았어요. 책상 의자에 앉으면 5분도 안 돼서 말도 안 되는 상상에 빠져들거나 갑자기 떠오르는 무언가를 빈 종이에 끄적이기도 했습니다. 당연히 그런 머릿속 생각들은 과목점수를 얻어내는 것과 거리가 멀었습니다. 그런데 총장님의 말씀은 꼭 암기만이 학문을 수행하는 기준이 아니라는 것이었죠. 제 머릿속 상상들도 대학에서 요구하는 학업능력이라는 것이었습니다. 그런 것이라면 저도 학문에 흥미를 느낄 수 있겠더라고요.

초, 중학교 때는 선생님께 참 많이 혼났습니다. 반 꼴찌를 했을 때마다 항상 교실 앞에서 엎드려 있어야 했어요. 대학에서는 정반대의 상황이 벌어졌고 제 성취를 축하해 주는 교수님들의 격려에 기분이 참 좋아지더라고요. 인간은 조언과 훈계보다 인정과 격려 속에서 더 많이 성장하는 것 같습니다. 그때 인정이라는 것에 강력한 힘이 있다는 것을 느꼈습니다.

당신의 작은 승리를 모두 인정하세요.

그것은 결국 대단한 것을 만들어 낼 거예요.

-카라가우처, Kara Goucher-

서른하나, 다시 한번 제 과거와의 싸움에서 작은 승리를 거머쥐었습니다. 그리고 저 자신을 한번 믿어보기로 했습니다. 누군가 미련하다 하더라도, 원하는 것을 이루지 못할 것이라고 하더라도 이제는 고개를 들고 당당히 웃어 보이기로 다짐했습니다.

자꾸 걸어 나가면

갑자기 숨이 턱 막혔습니다.

전날 수업을 마치고 서둘러 잠자리에 들었습니다. 새벽 일찍 지방 현장에 도착해야 했거든요. 미리 맞춰놓은 알람 소리가 요란하게 울렸습니다. 신경질적으로 알람을 끄고 이불을 머리끝까지 올려 뒤집어썼습니다. 살면서 주경야독하게 될 줄은 꿈에도 몰랐는데, 하루종일 철근을 나르고 강의실에 앉아있으면 감겨오는 눈꺼풀의 무게 또한 철근 더미처럼 무겁게 느껴지더군요.

칫솔에 치약을 듬뿍 눌러 발랐습니다. 거울에 비친 얼굴의 낯빛이 영 좋지 않았어요. 허리를 굽혀 자갈을 퍼 나르느라 등에 알이 배었는지 날개뼈 쪽이 욱신거렸습니다. 세안을 마치고 가방에서 파스를 꺼냈습니다. 팔을 뒤로 젖혀 기이한 자세로 등에 파스를 붙이려는데 갑자기 숨이 턱 막혔습니다. 그래도 지체할 수 없었어요. 서둘러 출발하지 않으면 공사 일정이 다 틀어져 버릴 수도 있었으니까요. 물을 한 컵 들이켜고 양말을 신으려 몸을 쭈그렸는데 이번엔 등 전체에 극심한 통증이 느껴졌습니다. 호흡이 가빠오고 등 전체와 갈비뼈가 욱신거리는 것이 단순히 몸이 피곤해서 그런 것이라고 넘겨짚을 만한 통증이 아니었습니다.

도저히 안 되겠다 싶어 병원에 가기 위해 현관문을 나섰습니다. 새벽 4시의 하늘은 아직 어두웠습니다. 걸을 때마다 등의 통증은 점점 심해졌어요. 날카로운 무언가로 쿡쿡 찌르는 느낌이었습니다. 급하게 택시를 잡고 응급실을 향했습니다. 저의 부재로 난감해하고 있을 공장 직원들의 얼굴이 떠올라 마음이 심란했어요. 하지만 그 생각도 잠시, 엑스레이 사진을 본 의사 서너 명이 저를 응급실과 구분된 공간으로 데리고 가더라고요. 갑자기 분주하게 움직이는 의료진의 모습을 보니 덜컥 겁이 났습니다. 스스로 돌보지 않고 아무렇게나 팽개쳐 놨던 행동에 대한 책임을 지는 시간이 온 것일까요.

"폐에 구멍이 나서 풍선이 바람 빠지듯 폐가 쪼그라들었어요."

불안해하던 저를 보며 한 의료진이 건넨 말에 안도의 한숨을 내쉬었습니다. 다행히 심각한 질병은 아니었어요. 폐에 호스를 넣고 피와 물을 빼내면 괜찮아진다는 말을 듣고 입원실로 향했어요. '기흉'이라는 질병이었습니다. 수능을 앞둔 수험생들에게 종종 나타나는 질병이라던데, 삼십 대인 저에게 왜 이런 질병이 생겼는지 모르겠습니다. 생각해 보니 공사 현장에서 일을 하고 야간에 대학 수업을 듣는 생활이 6개월쯤 됐을 때 몸무게가 20킬로그램 줄었어요. 의사는 몸무게가 급격히 줄어 이 질병을 유발했을 수도 있고 흡연이 계기가 됐을 수도, 무거운 물체를 들다가 어떤 외상이 생겼을 수도 있다고 했습니다. 재발률이 높은 질병이라 퇴원 후에도 한동안은 조심해야 한다는 말을 들었습니다. 원인은 상관없었어요. 그저 한동안 일을 할 수 없는 현재 상황이 더 제 숨을 조여 오는 것 같았습니다.

한 이틀은 병실에 가만히 누워 잠을 잤습니다. 호흡기에 의존해 한동안 아무것도 하지 않고 누워서 천장을 멍하니 바라봤습니다. 기분이 점점 우울해졌습니다. 상실감마저 들었어요. 또다시 무기력하게 누워만 있는 지금의 모습과 과거의 은둔했던 기억이 교차했습니다. 공장에서는 한두 달의 공백을 기다려줄 순 없다고 했습니다. 2년간 동고동락하며 지냈지만 서운하진 않았습니다. 일손이 부족한 사정을 뻔히 알았거든요. 오히려 죄송한 마음이 훨씬 컸습니다. 태국 친구들과는 언제든 메시지를 주고받기로 하며 이별의 아쉬움을 뒤로 감췄습니다.

다시 세상 구석 어딘가에 혼자 서있는 기분이 들었어요. 삼십 대 초반에 다시 무직자가 되었다는 현실에 비참함이 들었습니다. 하지만 절대로 학업은 그만두고 싶진 않았습니다. 그것마저 그만두면 타임머신을 타고 과거로 돌아가게 되는 꼴이었거든요. 어떻게든 공부는 계속하고 싶었습니다.

"중학교 영어 단어 책 사놨던 것 좀 가져다줄 수 있어?"

일단 엄마에게 중학생 영어 단어 책을 가져다 달라고 부탁 드렸어요. 병실에 누워만 있으니 과거의 감정이 불쑥 올라왔거든요. 이 감정의 흐름을 끊어내고 싶었습니다. 병실에 누워 영어 단어 책에 있는 단어들을 무작정 읽었어요. 가만히 보니 검정고시 공부할 때 봤던 단어들도 있었고 포기하고 도망쳤던 공무원 시험공부를 할 때 눈에 익혔던 단어들도 있었습니다. 눈에 익은 단어들이 점점 늘어나니 페이지를 넘기는 속도가 조금씩 빨라졌어요. 그렇게 열흘이 지나고 퇴원하는 날에도 제 손에는 영어 단어 책이 들려있었습니다.

퇴원 후에는 다시 아버지의 공장에서 납품하는 일을 도왔습니다. 원단을 나르고 장거리 운전을 하는 일이 힘들지만 철근을 나르거나 장시간 무거운 것을 반복적으로 들고 내리는 일은 아니었거든요. 저녁에는 물론 수업을 들었고요. 한 달 용돈 정도 쓸 수 있는 월급을 받았기 때문에 밥값과 차비는 문제가 없었습니다. 학자금도 낮은 금리로 대출을 받을 수 있었고요. 특별한 직업은 없었지만 건물 경비, 주류를 납품하는 일도 했습니다. 그렇게 몇 번의 방학과 개강이 반복됐고 계절의 변화를 보면서 해가 지나가는 걸 느낄 수 있었습니다. 그렇게 저는 대학 정규과정을 모두 이수할 수 있었습니다.

제가 사는 세계에 이변이 일어났습니다. 자퇴생에 은둔형 외톨이였던 제가 은둔에서 벗어나고 대학을 졸업했다는 소식은 다시 공기를 타고 모두에게 전달됐습니다. 불과 몇 년 전 괴담처럼 떠돌던 '김 씨네 둘째 아들'의 이야기는 아직 끝나지 않았던 것이죠. 검정고시 4년, 대학 졸업 4년, 총 8년이 걸렸네요. 학사모를 쓴 친구들을 참 부러워했었는데, 제 인생에도 꿈에 그리던 그 장면이 재연되는 순간이었습니다. 졸업식 날 부모님을 모셨습니다. 함께 고생했던 동기들과 인사를 나누고 엄마, 아버지와 함께 카메라 앞에 섰어요. 전 쓰고 있던 학사모를 엄마에게 건넸습니다. 학사모를 머리에 쓴 엄마가 정말 행복해하시더라고요. 고등학교를 뛰쳐나와 교복을 구겨버릴 때 놀라 우시던 엄마 얼굴을 기억하고 있습니다. 이젠 아들의 학사모를 쓰고 활짝 웃는 엄마의 얼굴을 제 마음속에 담아 두었습니다.

타인의 관심과 인정 속에서 우리의 자의식은 성장하는 것이겠지요? 전 그때 결핍에 허덕이던 메마른 자의식에 '가족의 인정'이라는 물방울을 한 움큼 쏟아부었습니다.

2.5평 남짓한 제 방 한구석에 숨어 숨죽였던 기나긴 시간. 그 작은 방 외에 제가 설 자리는 없었습니다. 집에 있어도 집에 가고 싶다는 말이 튀어나올 정도로요. 뒷산에서 텐트를 펴고 잔 적도, 지하철 역사에서 잠이 든 적도 있습니다. 하지만 이제 더 이상 도망치지 않기로 했습니다. 사랑하는 가족들로부터요.

졸업식이 끝나고 가족들과 함께 집으로 돌아오는 길, 아버지가 현관문을 열었습니다. 뒤이어 가족들이 웃으며 집 안으로 들어갔습니다. 그리고 그제야 드디어 저도 집에 들어온 기분이 들었습니다.

상처에 피어난 꽃

제가 군대를 교도소로 다녀왔다는 이야기를 했었나요?

'경비교도대'라는 부대가 있었습니다. '있었다.'라는 표현을 넣은 것은 지금은 사라져 존재하지 않는 부대이기 때문입니다. 교도소의 경계를 보호하고 교정 공무원을 보조하는 업무를 맡았던 부대였습니다. 논산훈련소에서 기초군사훈련을 마치고 훈련번호를 무작위로 차출해서 배정된 곳이었죠. 저희를 태운 버스는 좁은 길을 따라 산 중턱으로 올라갔습니다. '첩첩산중'이라는 말이 절로 나오는 곳이었죠. 산과 산으로 둘러싸인 곳을 지나 중턱으로 올라가니 회색빛으로 페인트칠이 된 커다란 철문이 모습을 드러냈습니다.

그곳은 연쇄살인, 강간, 강도 행위 등의 끔찍한 범죄를 저지른 사람들을 모아둔 곳이었습니다. 입대하기 전 뉴스를 통해 봤던 사람들이었어요. 처음 이곳에 와서 가장 놀랐던 두 가지가 있습니다. 첫째는 이 세상에서 지워진 줄 알았던 사람들이 버젓이 숨을 쉬고 살아가고 있었다는 것이었고, 두 번째는 이 사람들은 결국 다시 우리 사회로 돌아온다는 것이었습니다.

그들이 궁금해졌습니다. 그들은 왜 인간 같지도 않은 짓을 저질렀을까요. 그들의 표정, 말투, 걸음걸이를 유심히 관찰했습니다. 한 번은 끔찍한 성범죄를 저지른 사람의 성장 과정을 들으며 나름대로 인터뷰도 진행했습니다. 어린 피해자를 위해서 이 사람은 절대 밖으로 나오면 안 된다고 생각했어요. 그러나 법원은 무조건 사형이나 무기징역을 선고하진 않았습니다. 그 사람이 출소하자 피해자는 자신이 평생 살던 동네를 떠나게 되었다는 소식을 들었습니다. 분명히 존재하지만 외면하고 싶은 우리 사회의 이면. 짧다면 짧은 복무기간 동안 저는 누구도 알고 싶어 하지 않는 인간의 심연을 마주하는 시간을 보냈습니다.

과거에는 형벌을 '신체형'이라고 불렀다고 합니다. 먹고 사는 것이 가장 중요한 과제였던 시대에는 일을 할 수 있는 신체가 가장 중요한 자산이었죠. 그 신체를 박탈하고 제한함으로써 죄에 대한 벌을 내렸습니다. 그렇다면 현대사회에서 가장 중요한 가치는 무엇일까요? 바로 '자유'가 아닐까요? 그래서 현대사회에서는 형벌을 '자유형'이라 부릅니다. 자유를 제한하거나 박탈하는 것을 형벌이라고 보는 것입니다. 저를 괴롭혔던 상대적 박탈감. 어떻게 보면 '박탈'과 '고립'이라는 점에서 은둔과 형벌은 그 맥락을 같이하는지도 모르겠습니다.

이제 대학교를 졸업하고 나니 조금은 자신감이 생겼습니

다. 인간의 진정한 자신감은 순수한 내면에서 나온다던데, 저는 왜 학위 같은 걸 포장에 영향을 받는지 모르겠습니다. 하지만 포장지에 신경을 많이 쓴 박스라고 하여 그 내용물이 부실할 거라는 생각 역시 편견이겠지요. 겉 포장을 위해 노력했던 시간만큼은 한점 거짓 없이 진실했으니 말입니다.

서점에 들렀습니다. 교도관 채용시험 수험서를 집어 들고 몇 페이지를 넘겨보았습니다. 교도소에서 군 복무를 할 때의 기억을 떠올리며 글자를 읽어 내려갔습니다. 교도소의 복도, 시멘트벽, 그 안에서 숨을 쉬며 살아가는 사람들이 아직 제 머릿속에 선명했습니다. 규율과 통제가 싫어서 학교를 뛰쳐나온 놈이 소속감과 연대를 느끼고 싶어 한다는 것이 참 아이러니죠. 한파가 들이닥친 제 마음은 어느새 누군가의 보살핌을 필요로 하고 있었습니다. 인간은 어찌 보면 참 불완전한 존재인 거 같아요. 천지를 개벽할 정도의 능력을 가진 것이 인간이라지만 사소한 말 한마디에도 무너질 수 있는 것 역시 우리 인간인 것을 보면 말입니다.

공장을 퇴사했을 때 받아 둔 두 달 치의 월급이 있습니다.

노량진 학원에 갈 정도의 여력은 안 됐지만 이 돈이면 수험서와 동영상 강의를 결제할 수 있었습니다. 몇 달 치 밥값도 충당될 거 같았고요. 결심을 마친 저는 결제한 책을 가방에 담아 메고 집으로 향하는 버스에 올라탔습니다.

사람 마음은 화장실 들어갈 때와 나올 때가 다르다고 했던가요. 두꺼운 책을 바닥에 내려놓으니 덜컥 겁이 났습니다. 저에게는 '도전'에 대한 두려움이 있었습니다. 정확히는 실패에 대한 두려움이었던 것 같습니다. 도전 뒤에 따라오는 실패. 그 실패가 얼마나 쓰라린지 경험을 통해 학습하게 된 것이죠. 하지만 이제는 '포기'에 대한 두려움이 더 커졌습니다. 포기라는 것에는 항상 함께 딸려 오는 것이 있거든요. 바로 '후회'입니다. 살면서 이 '후회'라는 것에 도대체 몇 년을 시달렸는지 모르겠습니다. 저는 '포기와 후회'가 얼마나 무서운 놈들인지 뼈저리게 경험했고 다시는 마주하기 싫은 트라우마로 남아있습니다. 하지만 이 트라우마를 극복하려면 저의 가장 부족한 부분을 마주할 수밖에 없었습니다. '난 늦었어.', '나보다 훨씬 먼저 시작하고 뛰어난 사람이 넘쳐나.'와 같은 상대적 박탈감과 열등감입니다. 수년 전 노량진 공무원 학원에서 도망쳤던 기억, 모두가 안 될 거라 했고 그 말을 스스로 증명해 버렸던 경험과 다시 마주해야 했습니다. 그때와 같은 실패와 좌절이 눈앞에 나타날까 두려웠습니다. 하지만 실패보다는 후회가 더 고통스럽다는 것을 이미 경험했잖아요. '도전은 위대하다.'라는 거창한 목표가 있어서가 아니라, 이처럼 저는 단지 고통을 피하는 선택을 한 것뿐입니다.

1호선 노량진역은 마치 시간이 멈춘듯해 보였습니다. 횡단보도 앞으로 보이는 빼곡한 학원 건물에서 학생들이 쏟아져 나왔습니다. 롱패딩을 입고 길거리 점포에서 끼니를 때우는 학생들도 보였습니다. 10여 년 전, 도망치듯 빠져나온 건물들도 그때의 모습 그대로였습니다. 그 거리는 유독 더 춥게 느껴졌어요. 전 그때의 그 기분을 잊지 않기 위해 노량진의 풍경을 빙- 돌아본 다음, 집으로 향하는 지하철에 몸을 맡겼습니다.

또 한 번 저는 시간 위에 놓였습니다. 2년이 걸릴지, 3년이 걸릴지, 아니면 이번에도 시간에 갇혀 또 하나의 미해결된 과제로 남겨질지. 기약 없는 시간 속에서 투박하게 생긴 가방을 뒤로 메고 시립도서관을 향해 발길을 돌렸습니다. 한번 도망쳤던 그곳으로, 바닥에 그어진 안내선을 따라 다시 한번 도서관의 문을 두드렸습니다.

모든 행위는 하나의 선을 가지고 있는 것 같습니다. 쓰레기 치우기부터 시작된 작은 행동 하나는 저를 검정고시-군제대-취업-대학 졸업으로 이끌었고 이제는 또 하나의 목표를 세우게 해주었습니다. 이 선을 따라가다 보면 제 앞에는 또 어떤 풍경이 기다리고 있을까요. 어느 순간부터 저는 두려움과 설렘이 공존하는 이 기분을 마다하지 않았습니다.

실수+실수=성장

세상의 유일한 기쁨은 시작하는 것이다.

-체사레 파베세, Cesare Pavese-

도서관 화장실 소변기 위에 붙어있는 문구를 빤히 바라봤습니다. 시작하는 기쁨에 대해서는 저도 꽤 공감이 됐거든요. 주문한 수험서가 도착하면 종이의 재질을 손바닥으로 느껴보고 코에 가져다 냄새도 맡았습니다. 새 책만의 향

기가 있잖아요. 왠지 모를 설렘으로 책 뒤에 제 이름도 적어
넣었습니다.

고양이 세수를 하고 도서관으로 향했습니다. 매번 느끼
는 것이지만 이른 아침 공기는 기분을 좋게 만들어주는 것
같아요. 새로운 시작을 알리는 설렘도 있고요. 한편으로 시
간은 분명 아침인데 어두운 하늘에 달이 떠 있는 모습이 이
질적이기도 했습니다. 시작을 여는 아침이지만 아직 세상은
어둡다는 이 현상이 제 상황과 많이 닮았다고 생각하면서 도
서관 정문을 들어섰습니다.

도서관에는 이미 저보다 일찍 도착한 사람들로 북적였습
니다. 어떤 사람은 화장실에서 칫솔을 입에 물고도 책을 보
고 서 있더라고요. 밥숟가락을 입에 집어넣으면서도 한쪽
손에서 책을 놓지 않는 사람들도 있었습니다. 수년 전 노량
진에서 목격했던 풍경이 떠올랐습니다. 제가 넘어야 할 허
들에는 학력이 필요 없었습니다. 나이도 상관없었죠. 오로
지 점수로만 평가하는 시험이었습니다. 과연 누가 엉덩이
를 바닥에 붙이고 끈질기게 앉아있었는지를 가리는 시험이

기도 했지요.

　도서관 구석 자리를 찾아 앉았습니다. 나무로 된 책상 바닥에는 누군가가 끄적이고 간 낙서들이 있었습니다. 합격을 기원하는 글자들. 잠시 그 글자들을 읽어 내려가다가 그 틈 사이에 끼어있는 한 문장을 바라봤습니다.

　엄마 미안해

　다섯 글자로 이루어진 짧은 문장이었지만, 볼펜 심으로 꾹 눌러쓴 글자에는 글쓴이의 감정이 머물러있는 듯했습니다. 부모의 희생을 너무나도 잘 알기에 추락의 깊이도 더 깊어지는 것이겠죠. 저도 낙오의 심정을 잘 알고 있습니다. 글쓴이의 행방이 궁금해집니다. 부디 이 위기가 기회가 되어 더 나은 길을 걸어가고 있었으면 좋겠습니다.

　그동안 틈틈이 영어 단어를 외워서 어느 정도는 단어의 뜻을 알 수 있었습니다. 이젠 고등학생 영어 단어 책으로 넘어갈 단계가 되었죠. 공부 자체는 그리 힘들지 않았습니다. 어렵게만 느껴졌던 문제에 대한 답이 눈에 보일 땐 쾌감마저 느껴졌죠. 저를 힘들게 하는 건 따로 있었습니다. 하루, 한 달이 지날수록 엄습해 오는 불안, 매일 같이 머릿속으로 들어오는 불확실함에 대한 고통이었습니다. 학기가 정해져 있는 대학교와는 달리 이번 시험은 점수를 내지 않으면 목표한 바를 이룰 수 없게 되는 구조였거든요.

하루 10시간씩 책상에 앉았습니다. 밥을 먹을 때도 수험서를 손에서 놓지 않았습니다. 잠들기 전에는 그날 들었던 강의를 틀어놓고 잠이 들었죠. 심지어 꿈에서도 강의를 듣는 꿈을 꿨습니다. 제가 한 곳에 움직이지 않고 가만히 있는 것에는 꽤 소질이 있거든요. 방에서 모든 불을 꺼놓고 세상을 차단한 채 지냈던 경험이 이런 곳에서 빛을 발휘하는 걸까요. 세상에 버릴 것은 하나도 없다더니만, 은둔의 요소마저 필요로 하는 행위가 있을 줄은 몰랐습니다. 수험생은 모두 은둔을 경험합니다. 휴대폰을 중지하고, 대인관계를 단절하고, 어떤 이는 머리를 삭발하고 오로지 책만 보고 수년을 살아가기도 했죠.

하늘이 어두워질 때쯤이면 도서관에서 나왔습니다. 운동복차림에 삼선 슬리퍼가 점점 익숙해졌습니다. 집으로 돌아가는 골목 곳곳에는 퇴근한 직장인들이 넥타이를 풀어 헤치고 술잔을 기울이고 있었습니다. 콧속으로 들어오는 밤공기와 음식 냄새에 정신이 아득해졌습니다. 어느새 제 나이도 삼십 대 중반으로 향해 가네요. 십 대 때는 시간이 참 느리게만 흘러갔는데 이제는 정말 하루하루가 빠르게 흘러가는 기분이 듭니다. 나이가 점점 차다 보니 동창들의 돌잔치 소식도 자주 들려왔습니다.

"미안해. 지금 사정이… 다음에 꼭 선물 사 들고 들를게."

참석하지 못한다는 문자를 남길 수밖에 없는 처지에 마음이 무거웠습니다. 몇만 원의 축의금조차 부담이 되는 이 현실을 벗어나고 싶은 마음에 발걸음이 빨라집니다.

그렇게 1일 10시간, 총 1년 8개월을 반복했습니다. 그리고 어느덧 중학생 영어 단어 외우기부터 시작된 도전을 평가

하는 심판의 날이 점점 다가왔습니다.

드디어 시험 당일이 찾아왔습니다. 후드를 뒤집어쓰고 무심한 걸음으로 시험장에 들어가는 사람 뒤에 이어폰을 귀에 꽂고 수험서를 보면서 걸어가는 사람도 보였습니다. 시험장 정문 앞에 두 손을 모으고 있는 누군가의 부모님을 뒤로한 채 저도 시험장에 들어섰습니다. 눈을 감고 심호흡을 하는 사람, 시험지 배부 직전까지 책을 빠르게 넘겨보는 사람, 그들과 함께 저는 간절함을 너머 절실함을 마음에 품은 채 시험장에 앉았습니다.

시험시간은 100분이었습니다. 1년 8개월의 노력을 100분 안에 쏟아내야 한다니 조금은 허탈한 마음이 들었습니다. 하루 10시간씩 매일 같이 책상에 앉아있다 보니 노트북 화면 속에 선생님들과 정도 꽤 붙었어요. 물론 실제로는 한 번도 보지 못한 사람들이지만요. 학창 시절에 학교 선생님들과의 기억이 많이 없었는데, 삼십 대가 되어서야 모니터 화면 속 은사님들을 제 마음에 담아두게 되네요.

심장이 뛰는 소리가 제 귀에 들릴 정도로 긴장되는 100분이었지만 차분히 답안지를 제출하고 시험장을 빠져나왔습니다. 이후 매일 같이 아침에 일어나 운동장을 뛰었고 체력시험도 무사히 마쳤습니다. 면접만을 앞두고 있었어요. 면접 날, 면접관 중 한 명이 예상치 못한 질문을 던졌습니다.

"나와 다른 환경과 문화에서 생활한 타인과의 갈등 경험과 그걸 극복한 사례를 말씀해 보세요."

그 질문을 듣는 순간, 공장에서 함께 생활했던 태국 친구들이 떠올랐습니다. 우린 사용하는 언어는 달랐지만 서로를 위하는 마음은 같았거든요. 꼭 언어가 아니더라도 몸짓, 표정, 상황 같은 것들에서 공감대를 형성했던 기억을 떠올리며 답변했고 면접관은 제 이야기를 듣는 내내 고개를 끄덕였습니다.

이제는 모든 것을 운명에 맡길 수밖에 없었죠. 제가 할 수 있는 건 모두 했습니다. 다행인 건 이번에는 정말 최선을 다했다는 것이었습니다. 어차피 이 이상은 더 노력할 수 없다는 생각이 있었기 때문에 탈락해도 미련이 남을 것 같지는 않았어요. 솔직히 어느 정도는 불합격에 대한 마음의 준비도 하고 있었거든요. 그래서인지 합격자 발표일이 다가올수록 오히려 마음이 더 차분해졌습니다. 그렇게 하루와 또 다른 하루가 지나고 드디어 합격자발표일이 다가왔습니다.

"합격자 발표 시작했니?"

새벽 일찍부터 일어나 저의 합격을 위해 기도를 하시던 엄마가 제 얼굴을 쳐다보셨어요. 다소 경직된 표정이었죠. 저는 말없이 제 휴대폰 화면을 엄마의 얼굴 쪽으로 돌렸습니다.

'최종 합격을 진심으로 축하합니다.'

"아!" 엄마는 순간 비명을 지르시더니 눈물을 흘리기 시작했고 저는 부모님 앞에 무릎을 꿇고 흐느꼈습니다. 이때 우리 가족은 함께 부둥켜안고 울었습니다. 그동안 저 때문에 참 많이 우셨는데, 이번에도 눈물을 흘리게 했네요. 눈에는 눈물이 그렁했지만 우리 모두의 얼굴에는 웃음이 가득했습니다.

아버지는 여기저기에 전화를 거느라 바쁘셨어요. 삼십 대 중반의 아들이 이제야 취업한 것이 뭐가 그리 좋으신 걸까요. 그동안 아들에게 모진 말 한번 안 하고 기다려준 아버지의 마음에 저도 눈물이 났습니다.

가족들의 축하를 뒤로하고 잠시 방에 들어와 혼자만의 시간을 보냈습니다. 17년 전, 학교를 뛰쳐나왔던 소년은 어느새 중년의 나이를 향해 가고 있었습니다. 느리지만 조금씩 제 자리를 찾아가고 있었죠.

우리는 실수하며 살아갑니다. 그리고 인간은 실수를 극복하는 과정에서 비로소 성장을 하게 됩니다. 걷는 법을 배우기 위해 우리는 얼마나 많이 넘어졌을까요. 인간이기에 실수하는 것이고 인간이기에 실수를 인정합니다. 그 과정에서 지혜를 배우고 더 나은 길로 나아가는 것이겠죠.

우리 새로운 일을 도전하기로 해요. 그리고 멋진 실수를

합시다. 내일은 더 성장한 자신의 모습을 만나게 될 것이라

믿습니다.

구원하소서

상담실에 침묵이 돌았습니다. 잠시 진술을 멈추고 상담사가 건네준 물 한 컵을 마셨어요. 감정을 추스르고 고개를 들어보니 상담사의 눈시울도 붉어져 있었습니다. 누군가가 제 이야기에 같이 눈물을 흘려준다는 게 참 고마웠습니다.

"정말 고생 많이 하셨어요. 이렇게 잘 성장하셔서 제가 다 감사한 기분이에요."

잘 살아줘서 감사하다는 그녀의 말에 가라앉았던 마음이

다시 일렁였습니다. 기분이 묘했습니다. 왜냐하면 우린 서로가 생전 처음 본 사람들이잖아요. 그저 제가 잘 견뎌줘서 고맙다고 말을 하는 그녀의 마음에 '내가 공감받고 있구나.' 라는 기분이 들었습니다.

그녀는 자신을 크리스천이라고 소개했습니다. 상처를 품고 자신을 찾아온 사람들을 만나기 전 먼저 기도를 한다고 했습니다.

"상담사님은 진짜 신이 있다고 믿으세요?"

저는 지금도 신앙생활을 하고 있지 않습니다. 사실 엄마에 대한 진술에는 종교에 대한 원망도 있었어요. 신앙을 가진다는 건 어떤 느낌일까 궁금했습니다.

"그럼요. 저는 신앙을 가지고 누군가에게 도움이 되고 싶어서 상담사가 되었어요."

상처 입은 사람들을 도와주는 도구로 사용되고 싶다는 그녀. 한 치의 의심 없이 답변하는 그녀의 표정을 보니 몇 년 전 저에게 일어났던 일이 하나 떠올랐습니다. 태어나서 처음으로 '어쩌면 신은 정말 존재할지도.'라고 생각했던 그때의 경험. 전 다시 덤덤하게 진술을 이어갔습니다.

"저도 몇 년 전에 조금… 묘한 경험을 했어요."

참 이상한 꿈을 꿨습니다.

눈앞에 아주 커다랗고 하얀빛이 영롱하게 반짝였고 전 그 빛을 마주 보고 서 있었습니다. 어떤 행동이 있었거나 말이 오가지는 않았습니다. 그 빛과 저는 그저 말없이 서로를 마주 보다가 허무하게 꿈은 끝나버렸습니다.

인간의 무의식이 꿈으로 반영된다고 주장하는 학자도 있다지만 어떤 서사나 감정이 담겨있는 꿈은 아니었어요. 흥미로웠던 건 보통 이런 꿈은 다음날이 되면 잊히기 마련인데, 시간이 지나면 지날수록 꿈에 대한 기억이 더 선명해진다는 것이었습니다.

마음의 변화도 있었습니다. 꿈을 꾼 이후로는 마음이 굉장히 편안해졌어요. 발걸음도 가벼웠고 매사에 감사함이 느껴졌습니다. 저는 종교에 대한 비난도 해봤을 정도로 신앙에 부정적이었고 현재도 신앙생활을 하고 있지 않습니다.

그런데 묘했습니다. 이것이 종교에서 말하는 '체험'이진 않을까 하는 생각마저 들 정도로요. 그만큼 신기한 경험이었죠.

연수원 교육을 마치고 임명되기까지 몇 달간의 시간이 생겼습니다. 그 시간 동안 저는 봉사활동을 다녔습니다. 사실 살면서 한 번도 봉사라는 것을 해보지 않았습니다. 그런데 왠지 모르게 좋은 일을 한번 해보고 싶다는 열망이 강렬하게 들었어요. 봉사활동을 진행하는 포털사이트에 검색을 하고 지원서를 제출했습니다. 그렇게 한동안 봉사 현장에서 폐기름을 활용해서 재활용 비누를 만들고, 밀가루 반죽으로 쿠키도 만들어 보육원에 보내기도 했습니다. 청력을 잃은 농인들의 복지를 위한 지역행사의 진행요원으로 자원을 하기도 했죠.

봉사활동을 계속하고 싶었어요. 뜬금없지만 시험 합격을 취소할까도 잠시 생각했습니다. 그리도 절실하게 바랐던 결실이었는데 참 바보 같죠. 신앙생활을 진지하게 한번 해보고 싶었습니다. 종교에 대해 아무것도 모르고 성경도 한번 읽어보지 않았는데, 솔직히 당시에 왜 그런 마음이 들었는지 지금 생각해 봐도 이해가 가지 않습니다. 얼마나 답답했냐면 한 번도 뵌 적 없던 신부님과 수녀님들께 메일을 보냈을 정도니까요. 혼란스러운 제 마음을 장문의 글 안에 담았죠. 답장을 기대한 것은 아니었습니다. 그저 누구에게라도 제 속마음을 두서없이 전달하고 싶었습니다.

이틀 정도가 되었을 때 한 수녀님으로부터 장문의 답장 메일이 왔어요. 봉사를 하다 보니 이런 생각에 이르게 되었다는 제 고민에 대한 답장이었죠. 더 많은 사람을 돕고 싶고 봉사 안에서 남은 삶을 살고 싶다는 제 진술에 대해서 수녀님은 성경의 한 구절을 적어 보내오셨습니다.

너희는 가서 내가 제사를 원하지 아니하노라 하신 뜻이 무엇인지 배우라. 나는 의인을 부르러 온 것이 아니요, 죄인을 부르러 왔노라.
-마태복음 9장-

예수께서는 제사장을 곁에 두기를 원했던 것이 아니라, 죄인을 곁에 두기를 원하셨다는 글이었습니다. 그리고 뒤에 이어진 글도 결코 가벼운 의미는 아니었죠.

선생님이 하시려는 일과 주님의 일은 꽤 많이 닮아있습니다.

저는 사실 지금도 죄인을 '길 잃은 양'으로 보는 시선에는 거부감이 있습니다. 누군가에게 끔찍한 피해를 입힌 그 당사자에게 시선이 집중되는 것이 못마땅하기도 하고요. 다만 그 죄인이 변화하지 않는다면 무고한 사람들이 피해를 입을 수 있기 때문에 죄인의 교화는 우리 사회의 안전망에 꼭 필요한 작업이라고 생각하며 대하고 있는 것이지요.

우여곡절 끝에 제 진로를 찾았습니다. 제가 택한 일은 누군가의 뒤틀린 마음을 마주하는 일입니다. 그만큼 쉽지 않은 길을 걸어가야 했기에 다시 '배움'에 의지할 수밖에 없었죠. 배움의 목적 또한 결국은 우리 삶의 변화를 도모하기 위해서일 테니까요. 제가 먼저 변화해야 제가 속한 세상도 변화할 수 있는 것이 아닐까요.

심리학에 '방어기제'라는 용어가 있습니다. 불안의 위협에서 자신을 보호하거나 평온을 느끼기 위해 사용하는 심리적 기제입니다. 이 과정에서 인간은 자신의 마음을 부정하고 억압하고 합리화하기도 하죠. 그런데 이 방어기제에는 '이타성'이라는 것도 포함되어 있습니다. 왜 타인을 위한 마음과 행동이 스스로 방어하기 위한 기제로 작용하는 것일까요. 저는 그동안 타인을 통해 세상을 바라보고, 타인을 통해 저 자신 스스로를 들여다보고 있었습니다. 농아인을 위한 행사에 자원하고 보육원에 쿠키를 보냈던 그 행동 안에서 저 자신을 바라보고 싶었던 것이겠지요.

어쩌면 저는 다시 이탈하지 않기 위해 타인을 위하려던 행동들을 울타리로 사용했는지도 모르겠습니다.

꿈에

왜 이렇게 식은땀을 흘려?

아내가 물었고, 저는 대답했습니다.

이 모든 게 다 꿈이었을까 봐.

어느 날 눈을 떴을 때, 익숙한 제 방 천장이 보였습니다.
정말 오랫동안 긴 꿈을 꾼 거 같았어요. 고개를 돌려 주변
을 둘러보았습니다. 불은 꺼져있고 커튼은 내려져 있었죠.

곧이어 문고리가 돌아가더니 엄마가 들어왔습니다. 엄마는 제가 덮고 있던 이불을 힘껏 잡아채 바닥에 던지셨습니다.

"문고리를 부숴 없애든가 해야지, 하루종일 잠만 자고 이놈의 자식이!"

엄마는 침대에 누워있는 저를 내려다보며 제가 어떤 종류의 사람인지에 대해 언성을 높이셨습니다. 격한 목소리였지만, 그 안에는 자식을 향한 애절한 마음이 섞여 있었습니다. 저 역시 엄마에게 울컥하는 마음을 터트리고는 다시 이불을 머리끝까지 덮고 흐느꼈습니다.

"그런 꿈을 자주 꾸세요?"

상담사는 걱정스러운 표정으로 저를 바라봤습니다. 자고 일어나면 이 모든 게 꿈이었을까 봐, 검정고시에 합격하고 입대를 위해 고군분투했던 때, 대학교 화장실에서 페인트 묻은 얼굴을 씻어내고 야간 수업을 들었던 수많은 밤들, 취업 시험에 합격해 엄마와 부둥켜안고 오열했던 장면들이 모두 꿈이었을까 봐, 어느 날 자고 일어나면 다시 스스로 가둬두었던 때로 돌아가 있을까 봐, 불안이 저의 꿈까지 침투해 올 때면 심장이 철렁 내려앉았습니다.

"절실했어요. 서른이 되었을 때는 정말 눈앞이 깜깜했거든요."

제 마음속에도 딱지가 달라붙었습니다. 이 딱지를 벗겨내면 살점마저 떨어져 나갈까 봐 그저 가만히 내버려 둔 채로 애써 외면하고 있었는지도 모르겠습니다.

"그 상처를 바라볼 수 있도록 제가 동행할게요."

저는 상담사를 향해 머리를 숙였습니다. 진심에서 우러난 감사의 표현이었죠. 얼마 전 처음 만난 이 중년의 여성은 어느새 제 과거로의 여행길에 동행자가 되었습니다.

서대문역 근처에 있는 그 커피숍은 사람이 북적이고 있었습니다. 부산한 발걸음 틈 사이로 유재하의 〈가리워진 길〉의 멜로디가 커피숍의 배경을 채우고 있었어요. 제 시선은 청바지와 남색 후드티를 입은 한 여성에게 머물렀습니다. 우리는 서로를 마주 보고 앉았습니다. 서로의 관심사에 대

해 이야기를 나눈 우리는 각자의 앞에 놓인 커피를 비운 후
에 그곳을 함께 벗어났습니다.

　서로의 손을 잡고 시내 이곳저곳을 돌아다녔습니다. 길거
리에서 파는 떡볶이를 먹고 설탕을 잔뜩 묻힌 꽈배기를 한
입씩 나눠 먹었습니다. 남산의 밤하늘을 보며 서로가 살아
온 삶에 대해서 진지한 이야기도 나누었죠. 그때 저의 성장
과정을 듣고 조용히 눈물 흘리던 그녀. 제 손을 꼭 잡아주던
그녀가 바로 지금의 제 아내입니다.

　아내를 처음 만난 건 취업 시험에 합격하고 봉사활동을 할
때였습니다. 노란 고무줄로 뒷머리를 동여맨 그녀의 뒷모습
은 참 예뻐 보였습니다. 나이는 몇 살인지, 사는 곳은 어딘
지, 궁금한 것이 점점 생겨났습니다. 하지만 그녀의 얼굴을
바라보며 말을 걸 용기가 나지 않았어요. 제 마음에 새긴 흔
적을 꽤 많이 지웠다고 생각했는데, 이상하게 그녀 앞에 서
면 심장이 너무 빠르게 뛰었거든요. 주말에 영화 한 편을 같
이 보러 가자는 말을 무려 한 달 동안 가슴 안에 품고 다녔을

정도니까요. 하지만 제가 말을 걸지 못하고 쭈뼛하는 모습이 너무 티가 났던 걸까요. 오히려 그녀가 용기를 내어 먼저 저에게 다가왔습니다.

"편지요."

그녀가 건넨 손 편지를 읽어 내려갔습니다. 편지를 가만히 읽던 저의 눈에도 눈물이 고여갔습니다. 그녀와 제가 주고받았던 편지에는 각자의 환경에서 경험했던 우울과 결핍의 내용이 고스란히 적혀있었습니다. 우리는 그렇게 '상처의 흔적'을 공유하고 위로하며 서로에 대해 깊게 매료되었습니다. 고립을 멈추고 세상에 처음 발을 내디뎠을 때 저에게 찾아와 준 그녀는 지금의 저를 숨 쉬게 해주는 생명줄이 되었습니다.

긴장하면 얼굴이 빨개지는 그녀는 사람 많은 곳을 부담스러워했습니다. 저 역시도 사람 많은 곳을 그리 썩 좋아하진 않았습니다. 우린 마치 커다란 울타리를 주변에 쳐놓고 세상에 둘만 있는 듯이 서로만을 바라봤습니다.

저와 그녀가 자주 산책하는 길에 성당이 하나 있습니다. 한 번은 추위를 피해 그 성당에 들어가 각자의 행복을 위해 기도한 적이 있습니다. 미사 시간을 피해 강당 맨 끝에 위치한 의자에 앉아 우리의 앞날을 위해 두 손을 모았습니다.

"이 성당 참 예쁘다."

그녀가 성당을 한 바퀴 쭉 둘러보더니 말했습니다. 저도 그곳이 마음에 들었어요. 화려하진 않지만 그 공간이 주는 따스함이 좋았습니다.

"내가 만들어줄게."

"뭐를?"

"행복하게."

그녀는 눈을 동그랗게 뜨더니 제 얼굴을 바라봤습니다. 그동안 영화나 드라마에서 로맨틱한 프러포즈 장면을 수도 없이 많이 봤습니다. 그때는 '세상에는 저렇게 사는 사람들도 있구나.'라고만 생각했지, 제 인생에도 이런 일이 생길지는 꿈에도 생각하지 못했습니다. 어설픈 프러포즈였지만 그녀의 눈에는 눈물이 고여있었어요.

그렇게 한참을 서로를 바라보던 우리는 따스한 바람이 부는 5월, 평생을 함께하기로 약속했습니다.

성당에 사람들이 모여들었습니다. 아내에게 낭독할 편지를 예쁜 클립에 꽂아놓았습니다. 노란 튤립과 함께 성당의 입구도 예쁘게 꾸며놓았습니다. 결혼식 때는 민망하리만큼 눈물이 많이 났어요. 특히 부모님께 큰절을 드리고는 쉽게 일어나지 못했습니다. 신랑이 흐느껴 우는 모습을 본 하객분들이 '저 집에 사연이 많나 보다.'라고 생각할 정도로요. 불효자는 운다더니만, 그동안 가족들의 가슴에 낸 칼자국을 생각하니 참을 수 없을 만큼 눈물이 많이 났습니다. 앞으로는 저도 아들 노릇을 좀 해야겠지요. 제가 잘 살아내는 모습, 그것이 부모님께서 제일 원하는 모습이 아닐까요? 세상으로부터 낙오되어 스스로 꽁꽁 싸맨 채 무너져가는 모습이 아닌, 사회와 한 가정의 구성원으로서 살아가는 모습을 보여드려야겠지요.

부모님을 끌어안던 손을 풀고 마음을 추슬렀습니다. 그리

고 몸을 돌려 아내를 바라보았습니다. 우리는 입을 모아 전
날 준비해 뒀던 편지를 낭독했습니다.

　　당신의 시련 속에 제가 옆에 있겠습니다.
　　사는 게 지칠 때, 제가 옆에 있겠습니다.
　　모두가 외면하고 세상마저 등을 돌렸을 때,
　　제가 당신의 옆에 있겠습니다.
　　그러니 부디, 당신도 제 손을 잡아주세요.
　　이제 당신은 더 이상 혼자가 아닙니다.
　　이제 당신의 삶 속에 제가 서 있겠습니다.

　　지나간 날들이 스쳐 지나갔습니다. 방 안에서 너무나도
외롭고 절망적이었던 순간들, 계속해서 증명해내지 않으면
누구도 제 말을 들어주지 않았던 순간들. 하지만 어떤 좌절
과 시련이 와도 서로의 곁을 지키겠다는 편지 낭송에 눈가
가 뜨거워졌습니다. 제 주변에 둘러싸여 있던 회색빛 벽돌
을 허물어버리고 다양한 색을 입힌 예쁜 울타리를 새로 만

들고 싶었어요.

우린 편지를 읽어간 것이 아니라 서로의 인생을 소리 내 읽어주었던 것 같습니다. 그리고 다음 페이지는 좀 더 선명하고 굵은 문체로 써 내려가겠다고 수백, 수천 번 다짐하고 또 다짐했습니다. 낭송을 끝마치고 전 아내에게 다가가 그녀의 눈을 지그시 바라봤습니다.

왜 이렇게 눈물을 흘려.

제가 물었고, 아내가 대답했습니다.

이 모든 게 그저 너무 감사해서.

아름다운 이별

주변을 한번 둘러보는 것을 끝으로 이곳과 작별을 고했습니다. 싱글침대와 책상 하나가 덩그러니 놓여있는 작은 방. 방의 창문이 반쯤 열려 봄바람이 들어왔습니다. 저 창문을 수백 번도 더 바라보았던 기억이 납니다. 빛도 공기도 제 마음도, 모든 게 땅바닥에 가라앉았던 새벽 시간의 풍경이 여전히 이 방에 머물러있습니다. 부서져 있는 문고리도 고쳐놔야겠습니다. 이 방 안에서 참 많은 일이 있었습니다.

아니, 오히려 '아무 일도 없었다.'라는 게 더 정확한 표현일까요. 제 마음속은 하루에도 수백 번씩 솟았다 고꾸라지기를 반복했지만 현실에서 벌어진 건 아무것도 없었으니까요.

신혼 전셋집을 알아봤습니다. 평생을 함께할 사람과 함께 보금자리를 알아보는 일은 설레고 즐거웠습니다. 엄두 내지 못할 정도로 높은 부동산 가격에 한숨도 나왔지만, 제가 가정을 이뤘다는 사실이 꿈만 같아 하루종일 히죽거리며 돌아다녔던 기억도 납니다. 이제 저에게 새로운 방이 생겼습니다. 좌절의 기억도, 눈물 얼룩도 없는 이곳에서는 더 이상 방문을 걸어 잠그는 일은 없을 것입니다.

이삿짐 박스에는 책 수십 권이 들어있었습니다. 검정고시, 대학, 취업 준비를 하며 읽었던 수십 권의 책들, 얼마나 많이 넘기고 넘겼는지 책은 너덜너덜해져 군데군데 얼룩이 묻어있었습니다. 다시는 보지 않을 책들이었지만 전 이 책들을 쉽게 버릴 수 없었습니다.

'할 수 있다.'

강의를 들으면서 끄적였던 글자들이 페이지 중간중간 적혀있었어요. 책을 버리면 글자 틈 사이에 느껴지는 그 절실함마저 사라져 버릴까 봐, 박스에서 꺼낸 책들을 책장 한구석에 소중히 꽂아놓았습니다.

하루일과를 마치고 모두가 집으로 돌아갈 시간, 전 평소와 다름없이 집으로 향하는 고가대로 반대편으로 핸들을 돌렸습니다. 이제는 익숙해진 풍경의 캠퍼스를 지나 강의실로 향했습니다. 강의실 앉아 수업을 듣고 과제를 작성하는 제 모습이 조금씩 익숙해졌습니다.

저는 '인간'에 대해 관심이 많습니다. 계기는 바로 저 자신에게 있었어요. '나는 왜 이럴까?'에서 시작된 물음은 꼬리에 꼬리를 물었습니다. 어찌 보면 또다시 그 어두웠던 우물에 빠지기 싫은 생존 본능이 발현된 것일지도 모르겠습니다. 심리상담은 심리적 문제를 가지고 도움을 요청하는 사람에게 도움을 주는 것이지만, 저는 제 안에 어떤 면이 저의 과거를 구성하였는지 들여다보고 싶은 마음이 더 컸습니다.

주경야독 생활을 하면서 느낀 것은 저는 오히려 한 가지 행위만 하는 것을 더 힘들어한다는 것이었습니다. 아마 더 이상 늦춰지면 안 된다는 강박과 불안에 기인한 것일 수도 있겠지요. 하지만 한편으로 이런 생각도 들더라고요.

'과연 인간이 불안과 강박을 완전히 제거할 수 있을까?', '강박과 분노도 인간을 움직이게 하는 에너지이자 동력이지 않을까?' 완전히 제거할 수 없다면 그 부정적인 감정의 꼬리를 보다 긍정적인 방향으로 살짝 틀어놓는 건 어떨까요. 저를 박사과정에 이르게 한 원인은 '결핍'이었습니다. 제가 글을 쓸 수 있는 것도 바로 '우울과 좌절'의 경험 때문이죠. 요리를 할 때 맹물에 재료를 넣으면 너무 밋밋하잖아요. 우울한 스푼, 좌절 한 스푼, 실패 한 스푼, 그것이 한 인간을 구성하는 요소가 되고 이야기가 되고 역사로 이어지는 것이겠지요.

"심리상담사는 어떤 사람이라고 생각하세요?"

대학원 입학 면접 때 받았던 질문입니다. 솔직히 상담사의 입장을 생각해 본 적은 없습니다. 그저 자연스럽게 떠오른 건, 그동안 살아왔던 제 생애사의 장면들뿐이었죠.

"물어보는 사람입니다."

저의 짧은 답변에 심사를 보던 교수님께서 되물었습니다.

"그냥 물어보는 사람이요?"

"네. 그냥… 한 번 더, 물어보는 사람이라고 생각합니다."

공사장에서 일할 때 굉장히 술을 좋아하는 사람이 있었습니다. 그분은 오십 대 중반이라는 젊은 나이로 유명을 달리하셨습니다. 심혈관 질환이 사망의 원인이었죠. 주변 사람들은 입을 모아 이야기했습니다.

"그렇게 술을 마시니 단명하지.", "혼자 살면서 몸 관리나 제대로 했겠어? 젊은 사람이 쯧."

질책에 가까운 진단을 내리는 사람들의 말들 속에서, 순간 궁금한 것이 생겼습니다. 그렇다면 그분은 왜 그렇게 술을 많이 마시게 되었는지, 혼자 살게 된 이유는 무엇인지, 사는 게 힘에 부치진 않았는지.

꼭 그 사람의 그릇된 행동을 바로 잡으려 애쓰지 않아도,

그저 그 사람의 행동과 정서를 이해해 주는 것만으로 우린 누군가의 죽음을 막을 수 있습니다. 저 역시 살면서 길을 잃었을 때 누군가가 저에게 물어봐 주길 바랐습니다. '왜 학교를 그만두고 방에만 누워만 있냐.'라는 질문이 아닌, '무엇이 그리 힘에 부쳤냐.'라고 말이죠.

많은 사람들이 좋은 상담자가 되기 위해 수련하지만, 반대로 훌륭한 내담자가 되기 위한 교육이나 수련은 많지 않습니다. 사실 우린 답변하는 연습이 필요한지도 모릅니다. 숙련된 상담사의 좋은 질문에도 아무런 답변을 하지 못하는 사람들이 분명 존재하거든요. 저도 그중 한 명이었습니다. 그리고 지금은 그 연습을 하는 중입니다. 제 감정과 생각을 이야기해 보는 연습을요. 타인의 이야기를 끌어내는 방법을 배우는 수업에서, 저는 반대로 저의 감정을 표현하고 이야기하는 방법을 배워나갔습니다.

박사생 1년 차 때. 제 삶의 장면들을 담은 책을 두어 권 출간했습니다. 새벽 달빛이 창문을 비춘 시간, 저는 다시 한번 방에 들어가 커튼을 내렸습니다. 마치 은둔했던 그때의 모습과 같았지요. 하지만 이제는 방안에서의 감정을 침대 밑에 숨겨두지 않고 글로써 표현하고 있습니다. 글을 쓸 때 저는 우울과 결핍의 감정을 숨기지 않았습니다. 아픔은 사람들의 공감을 이끌어냈고, 저의 아픔을 읽은 사람들이 자신의 아픔을 개방했습니다. 서로의 '아픔'은 공감대를 형성하는 훌륭한 매개체가 되었습니다. 상담사가 되기 전에, 내담자와 마주 앉기 전에, 스스로가 내담자가 되어보는 경험은 매우 중요한 작업입니다. 좋은 상담자가 되기 전에 훌륭한 내담자가 되어보는 것이죠.

그런 의미에서 아픔을 경험해 본 우리는 모두 이미 훌륭한 상담사입니다. 왜냐하면 상담의 처음과 끝은 바로 '공감'이고, 아파해본 사람만이 타인의 아픔에 깊게 공감할 수 있을 테니까요.

아프지 않다고 건강한 것은 아닙니다. 지금의 고통은 분명 우리를 더 성장하게 만들어 줄 것입니다.

내면 아이

"강의 요청을 하려고 연락드렸어요."

한 대학교에서 특강을 요청하는 메일을 받았습니다. 인문, 심리를 전공하고 책을 출간하다 보니 종종 인터뷰나 칼럼 기고 요청을 받습니다. 간혹 이렇게 강연이나 강의를 의뢰받는 경우도 생겼습니다.

긴장되는 마음을 추스른 채 예정된 시간보다 좀 더 일찍 학교에 도착했습니다. 강의실에 들어가기 전에는 화장실에 들러 심호흡을 한 뒤 옷매무새도 가다듬었습니다.

강의실에는 제 예상보다 많은 학생들이 앉아있었습니다. 저를 향한 학생들의 시선 속에서 간단하게 제 소개를 마치고 준비한 ppt 자료를 꺼내 강의를 시작했습니다.

마약중독자의 재활과 심리학적 접근, 인문학을 통한 자기 치유의 경험담도 함께 나눴습니다. 학생들은 감사히도 적극적으로 수업에 참여해 주었습니다. 제게 주어진 시간이 넘어갈 정도의 질문도 이어졌어요. 심리치료 현장의 이야기에 귀를 기울여준 학생들 덕분에 무사히 강의를 마쳤습니다.

강의실에서 나와 고개를 돌려 대학교 건물을 돌아봤습니다. 사실 이 건물은 제게 특별한 의미가 있습니다. 건물들 사이에는 전공 책을 옆에 끼고, 과 잠바를 입고, 캠퍼스 잔디 옆을 지나가는 학생들이 보였습니다. 누군가는 벤치에 앉아서 도시락을 먹고 있었고 또 누군가는 도서관을 향해 걸어가고 있었습니다.

그리고 수년 전, 페인트칠을 멈추고 그들을 바라보던 서른한 살의 청년도 바로 이 자리에 서 있었습니다.

대학교의 풍경은 그때와 변함이 없습니다. 제가 칠했던 건물 벽의 페인트도 잘 말라 자리를 잡았습니다. 1톤 트럭을 몰고 지나갔던 비포장도로도 이제는 잘 정돈되어 학생들이 그 위를 걷고 있었죠. 캠퍼스 잔디 한번 밟아보고 싶어서 하루종일 철근을 나르고 대학교로 향했던 시간. 남들처럼 한번 살아보고 싶어서 1톤 트럭 안에서 핸들을 부여잡고 눈물을 쏟아냈던 시간. 도대체 이게 뭐라고, 이리도 간절하게 바랐는지 모르겠습니다.

대학교를 다시 한번 돌아보고 나서 차에 올라타 라디오 볼륨을 올렸습니다. 벚꽃이 화사하게 핀 캠퍼스를 지나 대학교 정문을 빠져나올 때, 스피커에서 흘러나오는 노래 가사에 가만히 귀를 기울였습니다.

누구나 한 번쯤은 자기만의 세계로
빠져들게 되는 순간이 있지.
그렇지만 나는 제 자리로 오지 못했어.

되돌아 나오는 길을 모르니.

나도 세상에 나가고 싶어.

-임재범 〈비상〉-

　가수의 음색도 좋았지만 전 이 노래의 작사가가 궁금해졌습니다. 아파해본 사람만이 적어낼 수 있는 가사에 공감하며 위로하고 싶은 마음이 들 정도로요. 저 역시 길고 먼 길을 돌고 돌아왔습니다. 제 자리로 돌아오기 위해서. 잠가놨던 방문을 열고 세상으로 나오기 위해서. 노래를 듣는 내내 돌아왔던 그 길목들이 스쳐 지나갔습니다.

　누구나 한 번쯤 길을 잃습니다. 취업에 번번이 실패하거나, 원하는 학교에 낙방하거나, 사랑하는 사람과의 이별을 겪기도 하죠. 상처 입는 게 두려워 혼자를 택하는 사람이 있고 혼자인 건 좋지만 버림받는 게 두려운 사람들도 있습니다. 인간의 감정은 모순되고 격앙되며 혼돈의 연속이지만, 어찌 됐든 결국 제자리로 돌아가려는 시도 속에서 우리는 배우고 성장할 것입니다.

자퇴생이었던 제가 박사학위를 받는다면 이 결핍이 치유될까요? 타인의 인정을 받는다 해서 지독하게 안고 살아온 우울감이 사라질까요? 저는 "네."라고 확답할 수 없을 것 같습니다. 학위를 받는 그 순간이나, 책을 출간해 타인의 인정을 받는 일들. 정말 오랫동안 꿈꿔왔던 일이지만 막상 결과의 희열은 금세 사라졌습니다. 허무감이 든 적도 있었죠. 하지만 그것을 위해 분투했던 과정만은 오랫동안 제 삶에 머물렀습니다. 학위를 수여 받는 그 하루가 아닌, 학위를 받기 위해 고군분투하던 수많은 날들이 남습니다. 책이 서점에 진열되던 그 하루가 아닌, 새벽까지 책상에 앉아 사색에 잠겼던 그 수많은 시간들이 남습니다. 좌절하고 후회돼도 다시 한걸음 발을 내디뎌보는 연습, 그것이 삶의 태도가 되고 앞으로의 저의 삶도 나아가게 해줄 것입니다. 물론 지금도 우울은 불현듯 제 마음을 잠식합니다. 다행인 건, 이제는 이 우울을 흔한 계절 감기처럼 다루고 있다는 것입니다.

"아빠다!" 어느새 어둑해진 밤하늘을 바라보며 집으로 걸어갔습니다. 집에 가까워지자 가로등 밑에 서 있는 아내와 아이가 제 시야에 들어왔습니다. 반가운 마음에 손을 흔드는 저에게 아이가 다다닥 뛰어와 안겼습니다. 하루종일 아빠가 오기만을 기다렸다는 아이. 아이가 태어나고 저와 아내는 앞으로의 인생을 함께 여행하듯 살자고 다짐했습니다. 그런데 아이를 보면 앞으로의 삶이 아닌, 왜 이리도 지난날의 저의 모습이 겹쳐 보이는 걸까요.

가로등 밑에서 아빠를 기다리던 저의 모습, 엄마의 손을 잡고 성당을 향하던 발걸음, 우리 아이의 손을 잡고 가는 곳곳마다 엄마, 아버지의 손을 잡고 다니던 어린 시절의 제 모습이 보였습니다. 여행은 꼭 미래를 향하는 것만은 아닌가 봅니다. 여행 전 장소를 정하고 누구와 함께 떠날지 생각하며 준비물을 꼼꼼히 챙기는 것처럼, 우리의 삶을 돌아보는 여행 역시, 누구와 함께할지 정하고 그 경로를 계획하는 것이 중요하다는 생각이 들었습니다.

만약 길을 잃었다면 주변에 도움을 요청해 보세요. 하지만 이때 신중할 필요가 있습니다. 피 흘리며 쓰러져있는 노루를 보면 도움이 필요하겠다고 생각하는 사람이 있는가 하면, 잡아먹기 좋게 미리 쓰러져 있다고 생각하는 사람도 있기 때문이죠. 여행 가이드를 잘 만나야 하는 것처럼 삶을 돌아봐야 하는 여행의 가이드를 찾는 것도 중요하다고 말씀드린 것이 바로 이것 때문입니다. 바라건대, 부디 이 글 또한 잠시 길을 잃은 분들의 동행 길에 좋은 길동무가 되었으면 좋겠습니다.

우리 아이 역시 성장 과정에서 좌절과 후회를 경험할 것입니다. 사는 것이 꼭 내 마음대로만 되지 않을 때, 온 세상이 나를 외면한 것만 같은 기분이 들 때, 그럴 때 우리 아이가 이 글을 읽을 날을 생각하며 저의 여행기를 고스란히 이 책에 적어두었습니다.

"부모가 아이에게 해줄 수 있는 최고의 선물이 무엇일까요?"

부모 참관수업에 참여했을 때, 아이의 선생님이 부모들이 앉아있는 자리를 향해 물었습니다.

"아이와 함께 해주는 것이요.", "스킨십도 자주 해주고 칭찬하고 인정해 주는 것이요."

여기저기서 아이에게 직접 주어야 할 사랑과 공감의 가치들을 이야기했습니다. 답변이 어느 정도 잠잠해지자 아이의 선생님은 저를 가리키며 물었습니다.

"아버님 빼고 모두 대답해 주셨네요. 아버님께서도 답변해 주셔야죠."

순간 마땅히 좋은 말이 떠오르지 않아 당황했지만, 이번에도 역시 떠오르는 건 저의 성장 과정에서의 경험뿐이었죠. 잠시의 머뭇거림을 멈추고, 저는 짧게 대답했습니다.

그 아이의 엄마를 사랑해주세요.

그리고 그 아이의 아빠를 사랑해주세요.

저는 그것이 아이에게 부모가 해줄 수 있는 최고의 선물이 될 것이라 믿어 의심치 않습니다. 그 아이가 훗날 어른이 되더라도 아빠, 엄마에게 사랑받았던 작은 아이의 모습은 평생 내면에 살아 숨 쉬고 있을 것입니다. 부모의 양육 방식, 환경에 따라 그 아이의 성격과 자아도 형성되는 것이지요. 반대로 상처 입은 아이의 모습 역시 현재 어른이 된 우리의 자아에 큰 영향을 미칩니다. 여러분의 내면에는 어떤 어린아이가 살고 있나요? 자신의 영유아기, 청소년기의 성장 과정을 돌아보는 것은 자기 치유에 아주 중요한 과정입니다. 그러다 만약 상처 입은 아이가 마음 구석에 앉아 눈물을 흘리는 것을 우연히라도 목격한다면, 그 아이에게 위로의 말을 한번 건네 보는 건 어떨까요?

어쩌면 우리가 놓치고 지나간 자리에, 아직 아물지 못한 상처가 있을지도 모르는 일이니까요.

더 이상 두려워하거나 마음 졸일 필요 없다고.

결국에는 다 잘될 것이라고.

epilogue

상담실에는 여전히 포근한 커피 향이 났습니다. 전 자리에서 일어나 김이 모락모락 피어오르는 커피잔을 테이블 위에 올려놓았습니다. 곧이어 의자 끄는 소리가 났고 그녀가 먼저 자리에 앉았습니다. 그렇게 우리는 테이블을 사이에 두고 서로 마주 보고 앉았습니다.

"학교를 그만둔 이후로는 한동안 방에서 나오지 않았어요. 앞으로도 어떻게 해야 할지 도저히 모르겠어요."

한동안 침묵이 이어졌습니다. 그녀는 침울한 표정으로 커피잔을 테이블 위에 천천히 내려놓았습니다. 최근 들어 부모와의 갈등이 점점 더 심해졌다는 말을 듣는 제 표정도 낮게 가라앉았습니다.

"은둔생활을 한 지는 얼마나 되셨어요?"

"6개월 조금 넘은 거 같아요."

전 테이블 위 녹음기가 제대로 작동하고 있는지 확인하고 고개를 들어 그녀를 바라봤습니다.

"혼자인 게 좋지만, 버림받는 건 두려웠어요."

상처받는 게 싫어 혼자를 택한 그녀. 그녀가 저를 찾아온 건 일주일 전이었습니다. 손목에는 여러 차례 자해한 흔적이 그어져 있었고 가슴이 답답한지 연거푸 거칠게 숨을 내쉬었습니다. 그녀는 한 시간가량 자신의 감정을 하염없이 쏟아냈습니다.

상담을 마치고 상담실을 정리했습니다. 빈 의자에는 여전히 눈물을 흘리던 그녀의 모습이 남아있는 듯했습니다.

"은둔주의자요. 저를 표현하기에 이보다 더 적합한 단어는 없는 거 같아요."

스스로 가둔 사람들, 그녀는 자신을 은둔주의자라고 표현했습니다. 저 역시 그 지독한 우울을 잘 알기에, 무언가라도 잡고 싶은 마음에 그녀가 밀고 나간 상담실 문을 쳐다봤습니다.

은둔 생활을 경험하는 사람들의 정확한 통계는 없습니다. 다만, 현재 60만에 가까울 것으로 추정되고 있습니다. 대략 6개월가량을 사회와 단절하고 고립 생활을 하는 사람을 우리 사회는 '은둔형 외톨이'라고 규정합니다.

저 같은 경우 부모님과의 갈등이 등교 거부로 이어졌고, 자퇴생의 낙인으로 인한 좌절 경험이 저를 방안에 가두게 했습니다. 낙인은 결핍을 자아냈고 그 낙인을 지우기 위해 부단히 살아낸 것이 지금의 제 모습을 만들어냈습니다. 그 과정에서 열등감과 참 많이 싸우기도 했습니다.

인간은 열등감을 극복하는 과정에서 성장하고 더 나은

삶을 살기 위해서 노력하는 존재

오스트리아의 정신의학자 아들러가 한 말입니다. 원래 제
바람은 계속해서 밀려오는 불안이나 우울을 완전히 없애는
것이었습니다. 여기저기 휘날리는 잔가지들을 쳐내버리고
굳건한 기둥으로 남고 싶은 마음이었죠. 하지만 어느 순간
깨달은 것이 있습니다. 불쑥 찾아오는 우울이나 부정적인
감정을 영원히 삭제하고 싶은 제 바람은 저의 욕심이거나 오
만이었다는 것을 말입니다. 아무리 쳐내고 쳐내도 잔가지들
은 계속해서 생겨났습니다. 감정을 삭제하는 것이 신의 영
역이라면, 인간인 제가 할 수 있는 것은 부정적 감정들을 조

심하게 잘 다루며 소중히 품고 살아가는 것이겠죠.

저는 감정표현이 서툽니다. 그래서 등교 거부나 은둔의 방식으로 저의 고통을 전달하려 했습니다. 하지만 이제는 제 감정을 글로 풀어냅니다. 저에게 맞는 표현 방법을 찾은 것입니다. 그리고 그 글을 천천히 읽어 내려갑니다. 한 발짝 뒤로 물러나서 제 감정을 들여다보는 것이죠.

엄마의 말과 행동, 아버지의 상황, 가족들의 질책과 스스로 비난했던 파괴적인 행동들.

그러자 격앙된 감정 속에서는 보이지 않았던 것들이 보이기 시작했습니다. 엄마는 저를 미워한 것이 아니었고, 아버지는 가정에 무관심한 사람이 아니었습니다. 그저 불안하고 걱정됐던 것입니다. 아버지와 엄마도 결국 어떻게든 살아내 보려고 발을 내디뎌보기도 하고 팔을 휘저어보기도 한 것이었습니다.

"용기를 내보세요."

23년 봄. 한 수업에서 만난 교수님께서 해주신 말입니다. 우린 음악을 들으며 느꼈던 감정을 공유했고 살아왔던 서사를 함께 나눴습니다. 용기를 내보라는 그 한마디에 이 글이 시작됐습니다. 봄날의 햇살 아래 들었던 음악만큼이나 그 수업에서 함께 나눈 이야기는 참 포근하게 느껴졌습니다.

글을 쓰면서 제 이야기를 미화했을 수도 있고, 스스로를 합리화했을 수도 있습니다. 반대로 너무 어두워 차마 꺼내지 못한 이야기들도 있습니다. 하지만 제 인생에 드리운 좌절, 우울, 깊은 후회와 눈물은 모두 진심이었음을 알아주시길 희망합니다.

왜 내 인생은 이렇게 유난하지?

왜 나만 이렇게 힘들게 사는 거지?

방안에 스스로를 가뒀을 때, 몸을 동그랗게 말아 누운 채 중얼거리던 말입니다. 왜 내 삶은 남들과 다르게 흘러가는지 자책하면서 새어 나오던 말입니다. 연민은 계속해서 제 몸속으로 말려 들어왔습니다. 숨이 막힐 정도로요. 하지만 이제는 알게 되었습니다. 사연이 없는 사람은 없다는 것을요. 세상에 부딪혀 넘어지고 후회로 눈물을 흘려보지 않은 사람은 없다는 것을 말입니다. 제 인생 역시 유난했던 것이 아니라 그저 수많은 삶의 모양 중 하나였던 것입니다.

'금낭화'라는 꽃이 있습니다. 산지의 돌밭이나 계곡에서 잘 자라는 분홍빛의 색이 아주 예쁜 꽃입니다. 보통 꽃은 따스한 햇볕을 받아야 잘 자란다고 생각하기 쉽지만 반대로 이 꽃은 그늘을 좋아하는 꽃입니다. 저는 꽤 오랜 시간 저 자신을 비난했습니다. 게으르고, 나태하고, 무기력하고,

나약하다면서 말입니다. 그런데요. 그늘에서 아주 예쁜 꽃잎을 만개하며 피는 꽃이 있습니다. 혹시 저와 같은 이유로 이 글을 읽어주신 분이 계신다면 저는 꼭 이 말을 전해드리고 싶습니다.

당신은 다른 사람들보다 나약한 것이 아니라고.
그저 다른 사람들보다 더 상처받은 것뿐이라고.
그리고 꼭 다시 일어나 행복을 찾아갈 것이라고.

남들과 다르다고 너무 스스로를 자책하지 말기로 해요.
어쩌면 우리는 햇빛보다는 그늘에서 꽃잎을 만개하는 '그늘을 좋아하는 꽃'일지도 모르는 일이니까요.

추신.

사랑하는 가족에게.

제가 돌아갈 곳을 만들어주어서 감사합니다.

그 자리에 그대로 있어 주어서 감사합니다.

가족들 덕분에 제가 다시 제자리로 돌아갈 수 있었습
니다.

그리고 이번에도 저의 손을 꼭 잡아주며 같이 눈물 흘
려주는 아내와 하루종일 아빠를 기다리며 가로등 밑에
서 있는 우리 아이에게도

사랑한다는 말을 전합니다.

저도 누군가 힘이 들 때, 돌아올 수 있는 든든한 보금
자리가 되겠습니다.

세상에 나오기 두려운 우리들의 생존 기록.

함께 제 여행길을 동행해 주신 당신께 감사한 마음을
전합니다.

은둔주의자_1992년 봄

은둔주의자

초판 1쇄 인쇄	2024년 2월 23일
초판 1쇄 발행	2024년 3월 8일

지은이	김도영

펴낸이	이장우
책임편집	송세아
디자인	theambitious factory
편집 제작	안소라 김소은
관리	김한다 한주연
인쇄	금비PNP

펴낸곳	도서출판 꿈공장플러스
출판등록	제 406-2017-000160호
주소	서울시 성북구 보국문로 16가길 43-20 꿈공장 1층

이메일	ceo@dreambooks.kr
홈페이지	www.dreambooks.kr
인스타그램	@dreambooks.ceo

전화번호	02-6012-2734
팩스	031-624-4527

* 저자 고유의 '글맛'을 위해 맞춤법 및 표현 등은 저자의 스타일을 따릅니다.

ISBN	979-11-92134-61-1
정가	15,800원